夢香廬閑文集

壬寅之秋张维忠题

杨忠仁 著

敦煌文艺出版社

图书在版编目（CIP）数据

梦香庐闲文集 / 杨忠仁著 . -- 兰州 : 敦煌文艺出版社 , 2023.3
ISBN 978-7-5468-2349-2

Ⅰ . ①梦… Ⅱ . ①杨… Ⅲ . ①诗集—中国—当代②散文集—中国—当代 Ⅳ . ① I217.2

中国版本图书馆 CIP 数据核字 (2023) 第 052951 号

梦香庐闲文集
杨忠仁 著

扉页题签：张维忠
责任编辑：侯君莉
装帧设计：石 璞

敦煌文艺出版社出版、发行
地址：（730030）兰州市城关区曹家巷 1 号新闻出版大厦 23 楼
邮箱：dunhuangwenyi1958@163.com
0931-2131552（编辑部） 0931-8773112（发行部）

武汉鑫兢城印刷有限公司印刷
开本 710 毫米 ×1020 毫米 1/16 印张 15.5 插页 6 字数 190 千
2023 年 8 月第 1 版 2023 年 8 月第 1 次印刷
印数：1~3 300 册

ISBN 978-7-5468-2349-2
定价：78.00元

2006 年出席敦煌市第十四届一次人代会参加投票选举

2007 年参加酒泉市人大常委会组织的代表视察活动

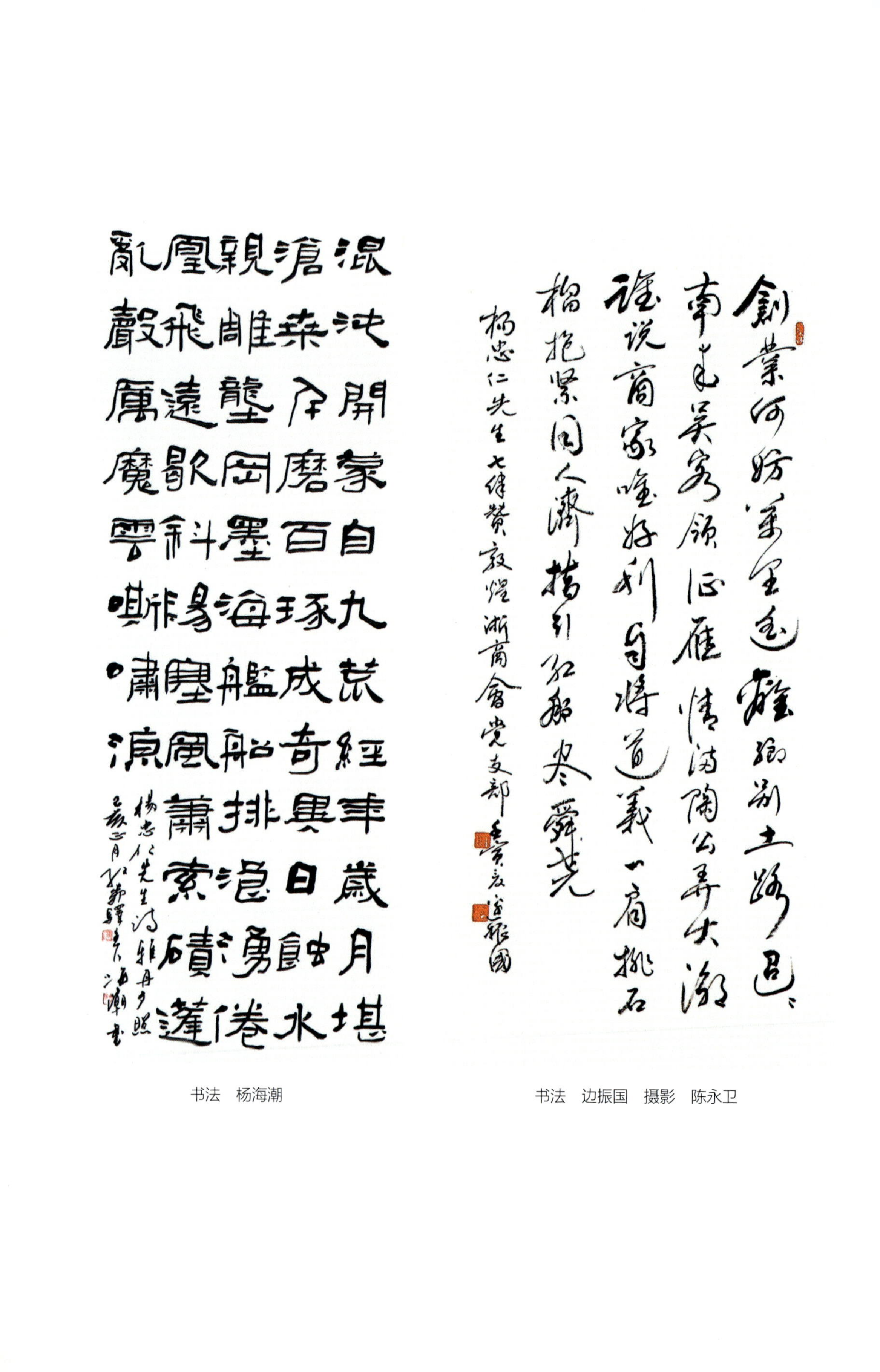

书法　杨海潮

书法　边振国　摄影　陈永卫

书法　樊宏康

敦煌八景——千佛灵岩（摄影杨啸）

敦煌八景——沙岭晴鸣（摄影杨啸）

敦煌八景——月泉晓彻（摄影杨啸）

敦煌八景——两关遗迹（摄影杨啸）

敦煌新八景——雅丹夕照（摄影杨啸）

敦煌新八景——雷音宝刹（摄影杨啸）

敦煌新八景——星光夜市（摄影杨啸）

敦煌新八景——党河风情（摄影杨啸）

作者简介

杨忠仁，汉族，甘肃敦煌人，中共党员，共和国同龄人。网名：阳关残雪；笔名：梦香庐闲翁。在职时多在机关工作，现退休赋闲，颐养天年。喜爱中国传统文化，学习写作格律诗词，使退休生活充满诗意，慢品香茶思丽句，诗书半卷韵余生。

自序

ZIXu

杨忠仁

中国是一个诗词的国度。五千年中华文明像奔流不息的黄河，大河东流，万折不回，但浪花淘尽英雄，风流总被雨打风吹去。在漫漫历史中浸泡了数千年的中华诗词却历久弥香，成为中华文化百花园中最耀眼的奇葩，至今依然熠熠生辉。迄今2500多年的第一部诗歌总集《诗经》成为中国诗歌的源头活水，古风今韵滥觞于此。《诗经》中诸如“关关雎鸠，在河之洲。窈窕淑女，君子好逑”等许多至美诗句至今仍让人陶醉，浸润着我们的心田。唐诗宋词更是中华诗词仰止弥高的两座巅峰。当代著名诗人余光中先生评价李白“酒入豪肠，七分酿成了月光，余下的三分啸成剑气，绣口一吐，就半个盛唐”。“黄河之水天上来，奔流到海不复回”，是何等的荡气回肠，这是盛唐的气象；“国破山河在，城春草木深”“安得广厦千万间，大庇天下寒士俱欢颜”，这是诗人炽烈的家国情怀。“黄沙百战穿金甲，不破楼兰终不还”，这是戍边将士“古来征战几人回”的悲壮和“不教胡马度阴山”的英雄气概。如果说这些唐诗是雄壮豪放、沉郁顿挫之美，那么多数宋词呈现的是绮丽婉约之秀。从晏殊“昨夜西风凋碧树。独上高楼，望尽天涯路”的淡淡哀伤，到柳永“衣带渐宽终不悔，为伊消得人憔悴”的无悔相思；从秦观“两情若是久长时，又岂在朝朝暮暮”的美好愿望，到李清照“莫道不消魂，帘卷西风，人比黄花瘦”的满腹愁思，宋词呈现的是宛如烟雨中打着油纸伞的江南女子娉婷秀丽、婀娜多姿的娇柔之美。当然还少不了像苏东坡“大江东去，浪淘尽、千古风流人物”和辛弃疾“想当年金戈铁马，气吞万里如虎”的豪迈雄壮。所有这些组成了铿锵激越的交响曲，时而高亢，时而低吟，演奏出中华诗词绝美的乐章，也如涓涓细流滋润着中华儿女的心房，将诗词的种子埋入每个人的心田。

岁月无情，人生易老。退休是漫漫人生旅途上的一个转折点，面临着如何走好黄昏之旅的人生又一次大考。有些人附和“夕阳无限好，只是近黄昏”的喟叹，有些人却演绎出“莫道桑榆晚，为霞尚满天”的恬淡。很多人喜欢把退休后的老年生活比喻为秋天，心境不同，眼中的秋色风光迥异。在有些人眼里，秋天是“多情自古伤离别，更那堪冷落清秋节”，对有些人来说，秋色是“枫叶红于二月花”，“我言秋日胜春朝”。一个心胸豁达的人，把退休看作是人生旅途的第二个春天，英姿勃发，春光烂漫，规划好人生的第二个目标，在夕阳的歌声里，是一片绿地，展开就是一轴山光水色的画卷。一次偶然的机会，看了央视直播的中国诗词大会，无论是黄牙稚童，还是古稀老者，个个口吐莲花，人人锦词玉章，受到极大的感染，点燃了我对诗词向往的激情，使心中埋藏的诗词种子开始萌芽。生活不只有眼前的苟且，还有诗与远方。“休对故人思故国，且将新火试新茶。诗酒趁年华”，从此开始退休后的诗意生活。

从零开始，仰望诗词征途上的座座高山，真有“欲渡黄河冰塞川，将登太行雪满山”的慨叹。回想走过的学习诗词之路，把它戏称为诗词苦旅。皓首穷经，秉烛夜读，钩沉信史，披阅典籍。有过“二句三年得，一吟双泪流”的苦辛，也有过“春风得意马蹄疾，一日看尽长安花”的欢愉。越过一道道难关，终于步入诗词的殿堂。大漠孤烟塞北，杏花春雨江南，山水田园牧歌，金戈铁马阳关，在诗词的海洋里尽情徜徉，带给自己美的享受和愉悦。不仅如此，学习写作诗词还是一场修为，使我的心灵得到洗礼，精神境界得到升华，性情得到陶冶和净化，可谓“胸藏文墨虚若谷，腹有诗书气自华”。学诗的路上，有“一字之师”的不弃不离，也有“为人性僻耽佳句”的如切如磋；有被“天地英雄气，千秋尚凛然”感动时的血脉偾张，也有采风时“江山留胜迹，我辈复登临”的感慨激昂。这些都激励我拿起笨拙的笔，把心中奔涌的激情化作一行行诗句。有耕耘就有收获，故乡的杏花开了又落，落了又开。春华秋实，几年下来也有了数百首习作，在好友的几番鼓励下，鼓起勇气，不揣谫陋，整理结集，也算是对好友和偏爱我的读者的感恩和回报。我想即使是路旁的一束野花，也能为春天增加一缕春色。

这本小集子共收入诗歌、散文等200多首（篇），以格律诗为主。结构上按内容分为家国情怀、讴歌时代、故乡情深、丝路胜迹、群英赞歌、诗意生活、四季诗韵、联语拾粹、自由放歌、韶华有我，内容主要有对伟人的讴歌崇敬；对祖国日新月异变化和人民追求新生活的礼赞；有对英雄人物的颂扬；更多的是对家乡人文胜迹、丝路风情、历史人物、时令节序、诗意生活的爱恋与赞颂；还有对自己岁月如歌、韶华有我坎坷而又美好生活的记忆。

对这本小集子命名也颇费思量。曾记得易安居士有“枕上诗书闲处好，门前风景雨来佳”的词句，化其意自撰了一副联语“枕书梦香”，请当时敦煌书协副主席杨海潮先生书写，精心装表，悬挂于卧室。我想这幅联语最能体现我退休生活的境况，索性书名就叫《梦香庐闲文集》，“闲”字既体现了退休生活的闲淡、闲适，又暗含着诗词习作的青涩、稚嫩。是为序。

2021 年 11 月 16 日写于梦香庐

目录 MULU

家国情怀

JIAGUO
QINGHUAI

贺建党百年华诞

（一）潮起红船

任凭浪遏苦行稠，
潮起凄风斗急流。
越险领航天地阔，
扬帆逐梦酹飞舟。

（二）井冈星火

八角灯光隐郁葱，
井冈竹翠战旗红。
谁疑野火燎原势？
涛涌神州大地风。

（三）延安灯塔

窑洞灯光照夜明，
霞帔宝塔聚群英。
黄河怒涌涛声壮，
滚滚洪流四海惊。

（四）开国大典

一道惊雷震宇穹，
红旗升起泪盈瞳。
多灾多难多磨砺，
破晓金鸡唱大同。

（五）百年追梦

汗滴黄沙背负天，
陟遐筚路筑新篇。
征帆万里初心在，
夙愿经年一梦圆。

沁园春·贺建党百年华诞

赤县齐喑，乱云飞渡，苦雨狂涛。看红楼明烛，涌流五四；红船击水，百舸惊潮。界上松青，黄河激浪，战地云霞冲九霄。拥红日，洒丹心碧血，旃帜飘飘。

神州锦绣多娇，喜大地旧颜迎舜尧。望银锄挥汗，蛙鸣稻熟；金炉溅淬，铸剑英豪。筑梦初心，擎旗航向，勇立潮头逐浪高。千帆过，济鲸波沧海，酹酒滔滔。

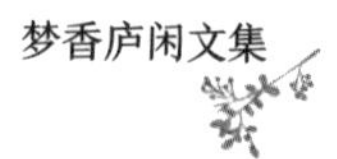

沁园春·写在中国共产党九十五周年华诞之际

长夜难明，九州齐喑，泪眼梦残。听炮惊十月，睡狮震醒；奋争抗战，涌起波澜。先哲群贤，红船义聚，锤斧镰刀烽火燃。赤旗指，唤工农百万，地覆天翻。

长征二万维艰，披荆棘、同仇斩敌顽。赖灯光窑洞，引航克难；忠诚理想，奋斗弥坚。旌帜高擎，启航新纪，改革攻关志似磐。复兴路，待梦圆“双百”，再立峰巅。

咏一代伟人毛公

百代雄英舜日新，
万夫感颂恤黎民。
胸怀武略千军计，
心系文韬道理真。
指点江山归国统，
兴吟李杜比苏辛。
大同赐福开红运，
至伟奇功第一人。

浣溪沙·缅怀周总理

护佑中华降隽英，百难砥砺册嘉名。含辛尽瘁赞清声。
纬地经天任捭阖，至公吐哺写忠诚。海棠依旧万年青。

祖国颂

（一）

九州血沃耸东方，
大道共赢丹帜扬。
起步荆榛艰坷路，
宏猷白纸祚隆长。
改天换地歌盛世，
革故图强赞福昌。
不忘初心民意顺，
梦圆复兴续华章。

（二）

江山竞秀美连疆，
悦乐黎民福祉长。
万点铁花添锦绣，
千重稻菽浪新秧。
羌萧齐奏五洲月，
歌舞飞天四海翔。
赖得盛时尧舜日，
清明泽惠被晴光。

（三）

圣代雄风阔步锵，
高歌劲唱舞霓裳。
兼程雨雪山河秀，
斩棘榛芜泥土芳。
云枕碧空岚五岳，
霜红沃野遍花香。
初心不改宏猷远，
筑梦仍须万里长。

（四）

赞新中国70年大阅兵

苦难辉煌越百年，
戎装新纪阅兵前。
铁流披甲震寰宇，
鹰击翔云傲九天。
纛浴荣光倾碧血，
威生勇猛斗狼烟。
铿锵滚滚军威壮，
大地祥和百卉妍。

（五）

观国庆夜群众联欢有感

耀眼华灯不夜天，
盛装昂奋御街前。
烟花炫彩迷琼树，
笑语欢声入管弦。
曼舞神飞尧舜世，
轻歌律动激情燃。
今宵碧汉无寥寞，
乐得嫦娥冶袖翩。

（六）

寄情党的十九大

苦雨腥风遏叶舟，
初心不改站潮头。
苍生饱暖江山系，
国运昌兴伟业酬。
帆引神州鸿梦远，
道行九宇大河流。
新期擘画图强策，
再立巅峰岁月稠。

（七）

贺党的十九大

霜秋绚烂红黄紫，
菊傲香妍十九枝。
待到来年芳草绿，
满园春色写新诗。

七一抒怀

（一）

难明永夜乱云飞，
破碎金瓯国式微。
道黑唯望阳晷露，
鸡鸣欲唱赫曦晖。
炮声十月惊天地，
锤斧镰刀显壮威。
野火熊熊蜂拥起，
羲轮喷薄散光辉。

（二）

血雨腥风暗夜天，
山河破碎杳人烟。
红船击水掀狂澜，
赤手擎旗舞铁拳。
斧劈旧墟三岳倒，
镰除桎梏大旂悬。
死生九秩潮头立，
逐梦中兴阔步坚。

满江红·党的十九大抒怀

世纪新航，强国梦、同心接力。奋砥砺、不辞风骤，何难荆蒺。潮涌风涛中国梦，扬帆借力创丕绩。顶天柱、偏向巨澜巅，潮头立。

谋改革，强国策。求富裕，当担责。又拍蝇打虎，弼匡除疾。气正风清民意顺，河清海晏神州逸。乘长风、“双百”梦终圆，书青册。

六州歌头·赞改革开放四十年

经年劫簸，渡尽故园衰。思想锢，残缺缚，循旧治，蹈陈规。恍忆当年事，暮云暗，秋风急，疴树涸，噤蝉罹，九州颓。盛会三中，肇示新元始，暝透晨曦。又掀真理战，冲日久烟霏，犹若音锤，响惊雷。

如春风暖，化云雨，新枝绽，尽红霓。除故弊，祛疾痼，荆藜劈，峻途丽。幸喜新时代，复兴梦，国扬威。高揽月，深潜海，竟占魁。潮涌百行兴旺，赤旗飘、筑梦嘉期。赞昌盛国运，挟大业雄巍，虎跃龙飞。

礼赞八一

九秩征程雨雪狂，
烽烟烈火淬成钢。
难忘八一炮声急，
犹记秋收稻米黄。
茹苦困危千战死，
杀拼浴血万旗扬。
长城铁铸军魂在，
国似磐坚盛世昌。

献给教师节

年年秋染菊金黄，
沥血丹心满圃香。
红烛如槎飞月棹，
他期折桂盼吴刚。

献给三八妇女节

（一）

姹紫春红竞窈娆，
时妆满眼靓裳飘。
一年最是芳菲日，
三八花开独自骄。

（二）

和风弱柳嫩轻寒，
红杏含情未展颜。
塞上春迟花事晚，
满城佳丽画眉弯。

忆六一儿童节

滴翠新芽西席栽，
阳光雨露润英才。
轻扬荡桨流连皱，
歌动欢声盈耳来。
学礼崇信明道义，
纯真娇稚小无猜。
经年岁月霜华染，
不减童心戏谑诙。

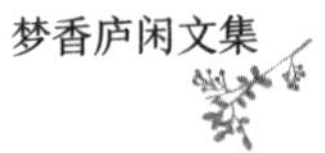

“一带一路”畅想

（一）

三阳吐绿柞蚕藏，
结茧抽纱白且长。
对接中欧成一路，
丝赀贸易写新章。
驼铃不断通沙碛，
大道逶迤连汉唐。
羌笛和鸣声不断，
千年共舞羽霓裳。

（二）

开边汉武拓西疆，
丝路“凿空”仰博望。
商贾朝臣驰古道，
阳关驿骑踏沙场。
龙庭使节隆恩布，
大德龟兹说法忙。
遍洒文明情万里，
葡萄美酒梦犹香。

（三）

又闻古道驼铃响，
毂铁轰鸣驶远方。
丝路连通天下计，
方邦互利五洲昌。
长安罗马同圆月，
龙井咖啡共茗香。
美酒邀杯羌笛曲，
琵琶奏起大风扬。

骆驼赞

——献给丝绸之路开拓者

平沙莽莽日生烟，
猎猎朔风飞雪眠。
荒碛萧疏蓬草瘦，
长空寥寂鸟声单。
肩扛济国勤征戍，
足踏含辛苦拓边。
丝路驼铃遥万里，
疾蹄昂首奋无前。

喜迎敦煌“文博会”

绿嫩桑蚕叶里藏，
柔丝织就路茫茫。
朝臣贾旅披沙履，
法护鸠摩释法忙。
耳畔驼铃今复起，
杯中美酒又飘香。
诚请四海邀嘉客，
再铸辉煌写丽章。

贺丝绸之路（敦煌）文博会

敦大煌盛文脉长，
通衢丝路畅西荒。
胡旋劲舞唱疏勒，
羌笛欢声动八方。

满江红·喜迎敦煌文博会

际会云霾，群雄起，纵横寰宇。高望远，运筹帷幄，擘画丝路。古道秋风惊塞雁，驿亭冷雪传鼙鼓。演绎出、铁马武威戏，声如虎。

经千载，寒暑度；通绝域，辉煌铸！值潮鸣复兴，梦圆鸿举。一带通衢重布局，盛妆文博逢花雨。最喜时、关外又春风，飞天舞。

难忘“七七”

艰难困苦历沧桑，
晓冷泸沟战火戕。
倭寇鏖兵京冀地，
横戈誓死赵燕疆。
成城众志同仇忾，
碧血丹心斗敌狂。
常忆清明蓟州月，
扬帆沧海雾茫茫。

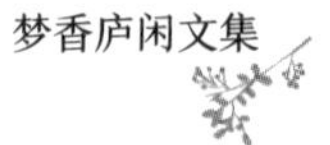

纪念抗战胜利

（一）

倭寇东瀛踏铁蹄，
神瓯破碎万民凄；
九州碧血同仇忾，
雪耻河山战戍鼙。

（二）

平型首战斩凶顽，
黄土峰巅胜利还；
犹有封狼豪气在，
不令倭寇过潼关。

（三）

黄河怒吼太行巅，
遍地英雄战烈烟，
十四经年沐风雨，
花红血染九州旃。

武汉战疫

瘴疠江城汉水寒，
凄风庚子送流年。
八方义勇援荆楚，
一片仁心解倒悬。
战疫白衣何畏险，
伏魔国士薄云天。
休嫌丽日春阳晚，
武大樱花更斗妍。

讴歌时代

OUGE
SHIDAI

赞敦煌中学

柳绿葱茏碧草花，
瀑泉吐水彩虹斜。
巍峨汉阙连曦月，
博学黉门染晚霞。
高德铸颜[①]红烛泪，
青衿挂角[②]渡江槎。
春风化雨滋桃李，
百丈新松云木嘉。

注：

①铸颜：典出汉朝扬雄《法言·学行》，意指培养人成才。

②挂角：典出《新唐书·李密传》，喻勤奋好学。

参观敦煌北街小学文化长廊抒怀

葱茏幼木柳如烟，
曙隐黉堂翠绿前。
朗朗诵声槎客[①]路，
谆谆圣训曲廊镌。
博文六艺中庭麦[②]，
桃李春风西席贤。
卅载倏然霜鬓染，
依稀叹逝梦流年。

注：

①槎客：典故，即乘槎泛天河之人，意谓成才之路。

②中庭麦：典故，出自《后汉书·逸民传·高凤》，意谓专心致志读书。

观《敦煌盛典》沙漠实景演出

天开广宇缀星光，
炫转歌台夜未央。
赊借沙冈铺绮幕，
邀来新月诉衷肠。
琵琶拨落相思泪，
戍鼓销魂别梦长。
舞尽余音流逸响，
云河灿灿数参商。

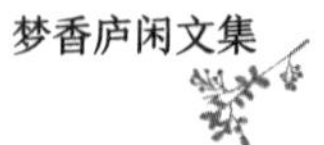

贺敦煌诗词学会

（一）

善国神乡文脉长，
凉州遗曲泛笺黄。
摹描伟略鸿猷举，
踔起西陲大业昌。
盛会诗坛增一秀，
群英荟萃写云章。
清声寄意绽新蕊，
宋韵唐风汉赋香。

（二）

雨霁晴云送彩虹，
文坛胜会耀时空。
群贤毕至襄鸿举，
少长相邀追绮梦。
巧撷乡愁雕偶句，
兴吟家国颂年丰。
无言平仄少功力，
笔下乾坤唱大风。

题敦煌拾风茶社新馆开业暨诗词学会年会

青萝翠被通幽径，
竹韵椰情南国风。
一盏浮沉龙井煮，
半壶淡泊骏眉红。
觞杯咏得诗词赋，
品茗歌罢赤壁东。
露叶新牙清世境，
烟云过眼尽为空。

喜闻敦煌创建中华诗词之乡

誉满阳关唱永年，
莫高宝藏有遗笺。
三青韵落昆仑雪，
天马歌成戍垒烟。
故郡常闻风雅颂，
新声又咏赋诗骈。
鹊传喜讯沙州远，
侪辈扬蹄自奋鞭。

赞敦煌浙江商会党支部①

创业何妨万里遥，
离乡别土路迢迢。
南来吴客领征雁，
情满陶公②弄大潮。
谁说商家唯好利，
自将道义一肩挑。
石榴抱紧同人济，
指引红船③尽舜尧。

注：

① 敦煌浙江商会党支部，成立于2015年5月，现有党员15名。自成立以来，党支部始终秉承“红船精神”，联系服务商会会员，促进当地经济发展，牢记致富不忘社会责任，发扬扶贫帮困、敬老助残的传统美德，慰问困难党员、下岗职工200多人次，开展光彩助学献爱心行动，先后为幼儿园特教班、城乡中小学捐助学习生活用品，捐款捐物累计200多万元。被树立为非公经济领域标杆党支部，党支部书记吴建龙当选为敦煌市委十七届党代表，被酒泉市委表彰命名为全市先进党务工作者。华东益旺商超董事长朱则黑当选敦煌市第十八届人大代表。商会会长王军当选为敦煌市第十届政协委员。

② 陶公：指范蠡，春秋末年楚国人，时任越国大夫，被吴灭国后，与文种帮助越王勾践卧薪尝胆，刻苦自强，终灭吴图兴。范蠡功成身退，隐秘江湖，改名陶朱公，

经商成为巨富。陶朱公后借代商贾或颇会经商的人。

③ “红船”：即“红船精神”，最早由习近平在浙江任省委书记时提出，他在2005年6月21日在《光明日报》上刊发5000多字的署名文章《弘扬“红船精神”走在时代前列》一文，首次全面系统地概括“红船精神”，即：开天辟地、敢为人先的首创精神，坚定理想、百折不挠的奋斗精神，立党为公、忠诚为民的奉献精神。“红船精神”的这三点精髓，完全和浙商的创业史高度契合，是对“浙商精神”的最精辟的诠释。敦煌浙江商会提出弘扬“红船精神”，具有很强的现实意义。

赞敦煌浙江商会

楠溪雨落沙州冷，
越鸟离巢漠上情。
鸿翥翔云头雁领，
打拼远路抱团生。
不辞蝇利聚殷富，
长见疏财听美声。
驰骋商场家四海，
也添砖瓦献新城。

赞“西湖人”

敦煌西湖国家级自然保护区是敦煌绿洲的绿色屏障。“西湖人”像大漠胡杨柽柳一样，坚守屹立在西陲边疆，不畏风雪严霜，不惧炎热酷暑，不怕艰难苦困，坚守初心，默默奉献，决不让库姆塔格沙漠侵蚀敦煌，用“西湖人”的青春和热血筑起护卫敦煌绿洲的牢固屏障。致敬“西湖人”！点赞“西湖人”！

胡杨遒劲傲长空，
顶雪披霜大漠风。
只愿荒原添绿色，
不妨寂寞立苍穹。
扎根但把初心表，
奉献何图一世功。
喜看沙州禾麦熟，
蛙鸣五谷唱年丰。

敦煌天河大酒店开业

巍峨汉阙隐飞泉，
恢阔唐宫舞伎仙。
玉槛丹阶通广厦，
银缸金碧漫香烟。
疑如碧宇阊阖月，
恍若天河阆苑天。
丝路胜时羌笛乐，
沙州新馆赋诗篇。

墩湾采风

熏风丽日枣花香，
四野青青麦灌浆。
茕立苍穹空百载，
颓倾岁月诉沧桑。
残垣不语听啼鸹，
柽柳依然傲夕阳。
歇足农家文友舍，
丰腴鸡黍笑声长。

兴游飞天公园

晷映丹霞六月天，
鸣沙远眺白云边。
陂塘夏木荫遮日，
浦渚青杨绿蔽烟。
塞燕新巢衔旧土，
池鱼碧水戏清涟。
湖滨最是熙熙处，
舞步随风伴乐旋。

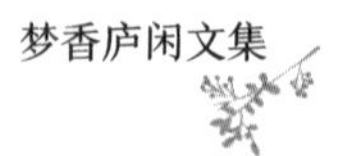

赞英雄儿女

——纪念中国人民志愿军出国作战胜利 70 周年

萧萧鸭绿暗苍穹，
烽火狼烟汉水东。
卫国保家同赴难，
舍生忘死贯长虹。
上甘岭隘感天地，
松骨峰前泣鬼雄。
血染战旗春永在，
大风歌罢满江红。

故乡情深

GUXIANG
QINGSHEN

敦煌八景咏

两关遗跡

博望凿空榛路艰，
开疆定远钺旌还。
攘攘士贾行阗道，
款款胡旋舞月弯。
羌笛引来春色住，
塞垣听得水流潺。
秋黄芦荻风萧瑟，
依旧银钩照玉关。

危峰东峙

耸立群峦势峻巉，
危峰竦峭矗山巅。
胜名典史开西域，
流徙三苗起野烟。
日晷曦微迎瑞气，
残阳夕照映孤禅。
奋翔青鸟侍王母，
圣井观音慧水泉。

千佛灵岩

壑谷清幽古木森，
危崖巢叠寂沉沉。
泠波泉水孕禅意，
空妙檐铃送梵音。
洞塑菩提消劫难，
壁敷伎乐抚瑶琴。
焚香散入红尘外，
参透机缘即佛心。

沙岭晴鸣

沙丘五色抹金黄，
聚垄绵延自八荒。
雨润温柔轻不语，
风梳洁净细无扬。
丽空跻躔鸣天鼓，
经宿凭依覆往常。
山倚灵泉成独异，
脊锋穿昼绘阴阳。

月泉晓彻

天遗翠玉落人间，
疑是嫦娥化药泉。
顾盼盈盈秋水意，
轻舒脉脉远山前。
鱼呈铁背澄波碧，
草作七星仁寿年。
冰镜轮回成朔望，
警钟骄满月弓弦。

党水北流

祁连叠嶂落莹湫，
冰雪消融汇细流。
浩渺逶迤浇白碛，
碧波潋滟润平畴。
渚清禾茂田蛙唱，
水浅鱼翔微雨柔。
春绿葱茏千顷浪，
秋成登稔岁丰酬。

古城晚眺

颓垣断壁诉沧桑，
四顾茫然圮废伤。
鼓瑟犹听金缕曲，
繁华褪尽九秋阳。
才望绿野沙州翠，
又嗅田畦麦穗香。
暝色登台霞绮晚，
党流依旧水汤汤。

绣壤春耕

绝域屯居翠色稠，
龙荒抱拥古沙洲。
危峰叠嶂依山枕，
党水争流润四畴。
背日阳春鸣布谷，
仗犁农事策耕牛。
雨酥沥沥滋腴壤，
麦黍茵茵廪稔秋。

我欠敦煌一首诗（组诗）

危峰东峙

我欠敦煌一首诗，
三危列嶂耸天嵯。
乘云青鸟传佳讯，
幸会昆仑王母池。

千佛灵岩

我欠敦煌一首诗，
金容满壁染晨曦。
檐铃袅袅萦清乐，
警醒尘缘陌路痴。

沙岭晴鸣

我欠敦煌一首诗，
身披五彩落霞欹。
绵绵缱绻思无语，
脊刃朝天劈晷曦。

月泉晓彻

我欠敦煌一首诗，
沙泉顾恋会何期。
常亏戒满缺圆月，
縠皱不惊无碧漪。

两关遗跡

我欠敦煌一首诗，
烽烟蔽月雪卷旗。
城头倚剑歌疏勒，
带泪胡笳战马驰。

党水北流

我欠敦煌一首诗，
消融霁雪泻逶迤。
田畴润泽蛙声唱，
麦黍丰穰草翠蕤。

古城晚眺

我欠敦煌一首诗，
汉唐繁盛斗星移。
霓裳唱月几寻觅，
夕照墟城咏旧词。

绣壤春耕

我欠敦煌一首诗，
蜂飞蝶舞满花枝。
春来布谷勤耕种，
雨润沙洲醉柳姿。

敦煌新八景咏

雷音宝刹

疏影轻摇檐瓦现，
乱红梵乐曙风传。
喈喈晚磬萦沙岭，
袅袅香烟绕月泉。
殿宇巍峨清静地，
三乘偈颂小西天。
黎民祷祝人和顺，
暮鼓晨钟大舜年。

星光夜市

参差星斗月如钩，
集市摩肩人似流。
闪烁霓虹情未已，
熙来寓客意难休。
秦声唱罢思家远，
美景乘时尽兴游。
佳品琳琅看不够，
喷香甘食飨珍馐。

党河风情

故园丽质巧梳妆，
锦绣党河比画廊。
水蓄清波风弄月，
云垂晚霭雨戏塘。
宛然白练边城绕，
又见池平倒影长。
寻胜江南游览客，
依依塞上不思乡。

葡萄万顷

党水长河润四畴，
桑田缀绿抱沙州。
灵泉风动縠波绮，
渚白鱼翔戏荻鸥。
玛瑙琼浆边塞月，
紫烟翡翠玉门秋。
金杯斟满葡萄酒，
羌笛阳关不再愁。

悬泉冬韵

古道迢迢客去长，
驼铃雁碛鸟归藏。
贰师剑巘悬泉出，
吊水争流置驿傍。
西域烽烟飞檄羽，
岭南寄旅梦还乡。
庐园醉卧陪霏雪，
布谷遥听播稻秧。

雅丹夕照

混沌开蒙自大荒，
经年岁岁沐沧桑。
千磨百琢成奇绝，
水蚀刀雕削垄冈。
恰似巡航排卷涌，
犹如凰倦歇斜阳。
暮风瑟索寒蓬乱，
塞月弯弯照碛霜。

卧佛晨光

鸣沙逶逦倚重峦，
佛卧禅栖伴月残。
梦枕危堤听漱玉，
心怀东土寄青鸾。
诚祈在世惊凡客，
永志空门立石磐。
日映曦晖霞照晚，
秋风送爽碧波寒。

大漠光电

播撒炎辉万物长，
人间赐福赖骄阳。
荒原爰美排明镜，
大地铺光巧扮装。
月映楼台蛩唱晚，
庭盈敞亮醉还乡。
天然绿色无穷尽，
不竭能源永续昌。

望海潮·敦煌咏

咽喉丝路，华戎都会，东西锁钥通衢。羁旅使臣，商团济济，星罗酒肆东垆。繁盛尽时誉。上元赏灯会，赢取荣殊。唱晚胡姬，泣声羌笛、舞裙裾。

边陲丽景名都。有雷音佛窟，沙岭泉芦。邮驿疾驰，阳关柳绿，张芝妙品章书。高士尽僧儒。看佛陀白马，鸿硕经庐。玉垒千年皎月，春意漫通途。

敦煌赋

河西锁钥，丝路门户；脉连中州，襟带西域。古雍州之地望，天乾艮之星象。东联陇右，西通伊西而拥漠北之垠；南倚昆仑，北枕塞山而控戈壁之境；枕祁连而望玉关，越三危而连渊泉。文明起始五千年，声名远播一万里。轩辕迁三苗于三危，启示文明之光；王母会周公于昆仑，文脉源远流长。博望“凿空”通丝路，古道通衢连西极。古郡始设，文华昌盛，芝索草圣留墨香，五凉中兴，俊彩星驰，刘昞郭瑀皆儒宗；佛学东渐，中西相长，法护译经佛道承；崇尚一统，金瓯无缺，议潮聚义定西陲！丝路通而古州兴，喟天道之浩荡。汉唐盛而边陲定，创历史之奇功。耀文明于寰宇兮，洒人文之精神；展中华之风采兮，令四海之共仰；融华戎于一脉兮，越百世而同荣！

危峰东峙，青鸟携紫气萦绕；灵岩千佛，乐僔缘金光始凿。沙岭晴鸣，天地奇妙之造化；月泉晓彻，疑似初月人间落。阳关三叠，羌笛吹落离人泪；玉关马潇，戍楼羯鼓征衣寒。悬泉更深，鱼雁寄书相思泪；雅丹梦残，晓夜黑风月伴眠。党水流长，雨润平畴麦黍香；春风和暖，林茂粮丰乐尧天。

又逢盛世，“一带一路”正当时，文博盛会现契机，飞天合唱，咏复兴之志；霓裳袖带，舞强国之美。丝路花雨飘洒盛世之春光，古郡沙洲重显故国之辉煌。

阳关三咏

（一）

秋尽萧萧叶落黄，
采风塞上沐高旸。
晴瞰龙勒祁连雪，
波縠渥洼云水凉。
定远功成思故国，
解忧和睦梦还乡。
旧声唱毕阳关彻，
新曲歌阑又一章。

（二）

塞外金风丽日长，
回归旅雁忘潇湘。
犹闻碛漠驼铃远，
似见龙泉五尺光。
怒卷黄沙遮冷月，
遄飞箭垛射天狼。
今朝再唱阳关曲，
美酒葡萄忆汉唐。

（三）

阳关绣壤冷桐黄，
塞外平畴菊蕊香。
搭架青藤悬绛玉，
嬉戏凫鹜乐寒塘。
旧音四叠翻新曲，
下阕诗乡追汉唐。
苇荻和风千遍舞，
琵琶谐奏羽霓裳。

阳关感怀

（一）

朝霞伴我过阳关，
似梦依稀入旧年。
几度将军西域路，
曾经汉武渥洼泉。
轮台戍鼓祁连雪，
鄯善烽烟疏勒天。
宛马不知何处去？
于阗又唱月儿圆。

（二）

羌笛三吟抚别弦，
东风染绿草芊芊。
无闻戍角鸣鼙鼓，
不见烽台起堠烟。
四陌葱茏啼鸟醉，
平畴叠翠绛珠悬。
振兴春讯播时雨，
五谷丰登大有年。

寄阳关

葡萄缀玉绿清泉，
旧曲三声诉堠烟。
怨柳何须伤别地，
于阗也唱月儿圆。

阳关春

茕关天地立，岁月去嚣尘。
塞外青岑蔚，风和绿柳春。

题寿昌城遗址

满目葱茏野草花，
瀑泉清澈绕农家。
黍离故国嗟兴废，
碛木枯蒿听噪鸦。

天马广场

天马行空越曙河，
踏歌岸上笑声多。
寿昌海里鸳鸯戏，
似水柔情若碧螺。

乡村振兴之阳关新韵

草木青青绕瀑泉，
通衢阡陌醉春烟。
葡萄吐芽隐新舍，
布谷声中闻子鹃。

阳关引·阳关抒怀

冷草含秋意，塞上添清丽。金梧炫彩，黄柽柳，葡萄紫。又寒泉清澈，野鹜凫秋水。怅往时，青青弱柳、别愁地。

多少兴衰事，几册纸。叹秦时月，几圆缺，枉嗟逝。现吟阳关彻，处处杨枝翠。立雉楼，关山阔远、燧峰峙。

阳关赋

（一）

沙州地望，汉史悠长。故关孤燧，千年守望。东依古郡文盛，西连大漠无垠，南望祁连雄壮，北接玉关苍茫。涧水清流，绿洲缀翠润桑田；渥洼碧波，池鱼戏芦凫栖渚；葡萄十里，叠架翡翠坠绛珠；剪裁山水，春风皴绮染画廊。噫嘻！折柳伤别兮，堪令墨客咏觞；塞外形胜兮，游子梦萦神往。

（二）

丝路锁钥，西域咽喉。文连中州，襟带夷羌。博望[1]凿空通衢，贰师[2]挥戈宝马，定远[3]恩威诸戎，懿武[4]横槊西疆。雉堞暗云，烽火十里烟连天；怒掩黄沙，羯鼓牙旗遮蔽日；喋血疆场，壮士百战血未干；残阳如血，金瓯不缺万骨殇。噫嘻！雄踞丝路兮，饱览千年风云；拱卫河西兮，尽锁关山苍苍。

（三）

残关茕立，古道逶迤。驼铃悠悠，丝路茫茫。使臣商贾于道，丝绸葡萄艳香。高僧大德传经，中西互鉴流长。布道匡世，罗什[5]弘法历凉都；译经宏化，敦煌菩萨[6]美誉扬；渡尽九劫，玄奘

取经遍天竺；和亲睦远，解忧公主⑦乂狄羌。噫嘻！琵琶轻抚兮，丝路盛世长歌；胡旋翩翩兮，遍舞羽衣霓裳。

注：

① 博望：西汉建元二年（前 139 年），张骞（前 164 年—前 114 年）奉汉武帝之命，出使西域，打通了通往西域的道路，即后来赫赫有名的丝绸之路，汉武帝以军功封其为博望侯。史学家司马迁称赞张骞出使西域为“凿空”。

② 贰师：李广利（？—前 89 年），太初元年（前 104 年），汉武帝以李广利为贰师将军，率领大军伐大宛，取汗血马。以敦煌为据点，两度攻伐，历时四载，曾震慑西域，也劳民伤财，后人多有微词。

③ 定远：班超（32—102）投笔从戎，奉命出使西域三十一年，平定了西域五十多个国家，为西域回归、促进民族融合，做出了巨大贡献。官至西域都护，封定远侯。

④ 懿武：吕光（338—399），氐族。建元十八年（382 年）前秦苻坚命吕光统率大军征讨西域。西域三十余国惮于吕光威名，尽皆遣使纳贡。385 年引军东归。至凉州（今甘肃武威）闻听前秦苻坚大败于淝水，遂建后凉，割据凉州。399 年，吕光病死，谥号懿武皇帝。

⑤ 罗什：即鸠摩罗什（344—413），出生古代西域的龟兹国（今中国新疆库车），略作罗什，东晋时的高僧，译经家。384 年，鸠摩罗什随吕光大军到达凉州，在凉州居留 17 年，弘扬佛法，学习汉文，后秦弘始三年（401 年）入长安。与弟子总计翻译经律论传 94 部、425 卷，为佛教的弘扬和经典翻译做出了巨大贡献。

⑥ 敦煌菩萨：竺法护（231—308），又称昙摩罗刹，月氏人，世居敦煌，精通六经，涉猎百家之说，遍通西域三十六国语文。专事译经，精勤行道，广布德化，时称敦煌菩萨。

⑦ 解忧公主：解忧公主（？—前 49 年），是第三代楚王刘戊的孙女。在出使乌孙和亲的细君公主去世后，为了维护汉朝和乌孙的和亲联盟，也奉命出嫁到西域的乌孙国。一生经历了汉武帝、汉昭帝、汉宣帝三朝，所嫁三任丈夫，皆为乌孙王。解忧公主在乌孙生活了半个世纪，她一直活跃在西域的政治舞台上，积极配合汉朝，遏制匈奴，为加强、巩固汉室与乌孙的关系做出了贡献。

八声甘州·阳关曲

看月华旧照汉时关，千年历沧桑。昔凿空博望，旄摇西域，襟带夷羌。广利挥戈宝马，立郡筑亭障。定远封侯效，拓土开疆。

南雁霜寒鸣远，更催征人泪，啼血怀乡。纵终生不入，愿报国身殇。笛声幽、故关孤燧，酹云天、羁旅沐残阳。西风紧、草枯萧瑟，芦荻秋黄。

玉门关怀古组诗

（一）

汉武开疆痴八骥，
嫖姚策驾玉门西。
时歌太一[①]天龙赋，
只是烽烟铁马嘶。

（二）

战马嘶鸣塞雁惊，
蒿丛棘碛唱秋声。
葡萄美酒沙场醉，
斩得楼兰出鄯城。

（三）

又见关前戍鼓鸣，
贰师远去草初萌。
古来血战累枯骨，
孰悉封侯泪里成。

（四）

孤城静守越千年，
野柳青青朔月闲。
定远威名成史迹，
今人仍说玉门关。

（五）

驼铃摇落满秋山，
草木萋萋拥玉关。
似听当年鼙鼓响，
西流疏勒水潺潺。

（六）

平沙远接暗天山，
疏勒蜿蜒绕玉关。
折柳依依伤别地，
春风吹度故人还。

（七）

沙场鼓紧马鸣嘶，
念忆长安捣臼妻。
望朔时圆玉门月，
轩窗又照黛眉低。

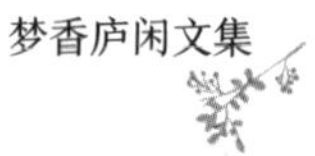

（八）

夕照残阳陇上秋，
戍楼孤寂玉门幽。
依然羌笛折杨柳，
旧曲新声岁月稠。

（九）

孤城汉塞抚瑶琴，
疏勒扬波和八音。
莫看沧桑斑驳老，
千年黄土可成金。

（十）

沐雨披风天地间，
沧桑阅尽二千年。
今人梦想功名计，
故堡茫茫诉大千。

（十一）

疏勒边关碛柳荣，
金戈昔日久聆听。
繁华故事如流水，
月色依然草木青。

注：

①太一：汉武帝刘彻喜良马若痴，曾作《太一之歌》，后世称之为《天马歌》。

玉门关

苍莽层云压远山，
蓬蒿疏落碛沙间。
驼铃回响凿空路，
胡笛悲凉皓月[①]鬟。
汗血承天传羽檄，
长城饮马过边关。
清风玉桂似曾识，
疏勒西流数道弯。

注：

①皓月：西汉王昭君，乳名皓月，诗中代指和亲。

清平乐·凭吊玉门关

寻关何处？漫漫丝绸路。昔日金戈闻鼙鼓，烽火连天戍旅。

定远剑指西羌，饮马冰窟朔方。汉塞寒霜冷月，边庭衰草苍茫。

桂枝香·玉门关怀古

苍茫翠碧，看独立茕关，残阳斜日。平野蓬蒿遍地，簇丛沙碛。余流疏勒清波里，隐凫鸥、苇蒲菹泽。戍楼明月，河仓晴暖，柳新羌笛。

记当年、烽烟矢镝。赖博望榛路，“凿空”蹄疾。定远持兵西域，制夷无敌。汉关秦月今犹在，但烟云尘封陈籍。夕阳危堞，柽青岑蔚，漠风芦荻。

鸣沙山·月牙泉秋咏

（一）

风梳碧水淡秋妆，
浦岸芦花伴叶黄。
送走喧嚣八方客，
山泉对月画眉长

（二）

山似蛾眉画黛弯，
泉如处子比婵娟。
嘤鸣只是和谐日，
戒满谦恭月半圆。

（三）

沙泉厮守越千年，
轶事传奇赋旧篇。
天马不知何处去，
谁人却把渥洼编。

（四）

娇娥出浴懒梳妆，
玉体流光静倚床。
颦蹙眉山秋水眼，
相思半月泪汪汪。

（五）

银钩掩隐淑姿萌，
镜眼眉山泪自盈。
顾盼秋波云弄月，
半嗔半喜却含情。

沁园春·鸣沙山·月牙泉秋韵

雪冠祁连，衿带鸣山，形胜西疆。看党河滋润，绿洲衬翠；月泉澄澈，沙岭晴旸。草异长生，鱼珍铁背，五色绵绵聚垄冈。端阳日，乘兴跻登滑，雷震声锵。

西风寥寂秋黄，盈双目、同天尽染霜。看胡杨叶老，瘦枝萧瑟；渚蒲肃缩，芦荻苍凉。塞外云寒，声鸣清宇，归雁南飞成阵行。回眸望，览夕阳西下，碧水流光。

菩萨蛮·鸣沙山·月牙泉

逶迤沙岭嵌珍玉，镜澄清澈如天目。风起水声惊，戏鱼芦荻倾。山泉依与共，相伴千年颂。戒满月亏圆，警钟鸣世间。

菩萨蛮·三危山

昆仑忆得邀王母，三青报讯华筵酒。野墅迓三苗，老君峭壁高。危峰群抱守，宝窟檀林秀。鸾鸟恋仙台，萦萦紫气飞。

菩萨蛮·莫高窟

三危圣景披晨晷，鸣沙壁麓蜂窝垒。云静涧溪流，风清檐马悠。菩提香叶绿，清濯莲花沐。佛性本慈悲，善心逐翠微。

菩萨蛮·悬泉置

将军拔剑穿崖壁，涌泉飞瀑轻流汩。征戍饮开颜，置亭鸿雁还。沙州邮驿远，塞障边书晚。锦绮浙杭妍，葡萄西域鲜。

巫山一段云·白马塔

沃野平畴阔，霞辉塔影斜。龟兹乐舞听胡笳，白马瘁瓜沙。布道超三劫，修行禅悟嘉。莲花界里抚琵琶，尧地尽桑麻。

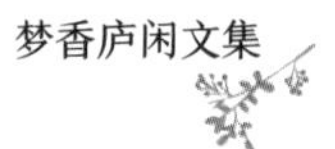

巫山一段云·咏天马

汉武痴良骥，神骐出渥洼。奋蹄掣电走丹霞，昂首傲天涯。龙跃祁连远，云欺飞燕嗟。铁骢猎猎卷尘沙，何处觅胡笳？

丝路胜迹

SILU
SHENGJI

锁阳城情缘

祁连横卧乱云飏，
肩挑瓜沙①溯汉唐。
冥水②西流平野阔，
金风东送米粮香。
榆林隐寺禅心静，
千佛缘泉檐马③长。
兴会诗人歌盛世，
豪情尽洒著华章。

注：

① 瓜沙：今瓜州唐代始称瓜州，敦煌称作沙州。诗中瓜沙指瓜州和敦煌。

② 冥水：古时称疏勒河为冥水，这里代指疏勒河。

③ 檐马：挂在屋檐下的风铃，风吹作响，这里指莫高窟檐角下的风铃响声很长。

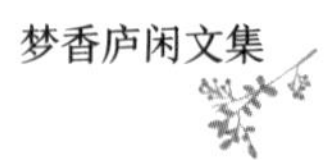

锁阳城怀古

乌云压暗久彷徨，
圮塔颓城叹废亡。
有义呢喃衔旧土，
无情唐柳笑残阳。
堠楼雪冷烽烟起，
玄奘蟾轻夜色凉。
几度玉关寻觅处，
新田沃野绿苍苍。

疏勒河畅怀

祁连霁雪白云悠，
顾恋斜阳泛急流。
泽润平沙丰壤地，
裕民农穑谷粮畴。
典藩[①]三略边关月，
文盛五龙[②]塞上秋。
百转千回寄情去，
滋胜绝域万年稠。

注：

① 典藩：意谓镇守偏远地方。典出宋孔平仲《孔氏谈苑·朝士献诗》。

② 五龙：西晋时期，宿儒、著名书法家索靖才艺绝人，与邑人汜衷等人号称“敦煌五龙”，驰名海内。借指河西地区文风鼎盛，人才荟萃。

观哈拉奇感怀

疏勒河之终端哈拉奇湖干涸已三百年。自国家批准实施敦煌生态综合整治工程项目后重现昔日碧波荡漾、群鸟翔集光景，观后甚喜，感触良多，特赋诗抒怀。

晨曦驾御快乘风，
越碛过岗行色匆。
昔日西流穿卤泽，
今期竭涸聚雕砻。
双河汇水诚良策，
一镜清波映晚红。
野渚蒲荣鸥鹭集，
丰年绣壤颂时通。

水龙吟·观敦煌哈拉淖尔[①]湖有感

祁连西北连天，乌云席卷冰花飏。北流党水，麦禾遍野，蛙鸣蛩唱。曾几何时，欲望无节，扩张无量。致汀葭无觅，难栖凫鹜，草枯萎，飞禽藏。

又遇新期盛况，绘宏图、复兴志壮。多方施策，波清山绿，政和民畅。节水开源，沃田麦熟，丰收心漾。渚洲群鸟集，膏腴赡裕，润滋丰壤。

注：

①哈拉淖尔：据《重修敦煌县志（吕志）》卷二方舆志载："旧志，在沙州西北，番名哈喇淖尔，即华言黑海子也。……党河之水自南来，以此为归宿。近年河水减少，上流分入十渠，无复余波入黑海子矣。"

水龙吟·疏勒河咏

巘云雪霞帔，滥觞暖霁波轻浪。百回九转，川流千里，润滋榛旷。翠被田畴，凫鸥碧水，农桑膏壤。看玉关春早，力勤稼穑，喜秋日，琼浆飨。

孕育人文兴旺，数风流、驰名过往。伯英[①]草圣，元瑜[②]薤谷，鸿儒名匠。定远[③]雄边，贰师[④]天马，战云滔荡。正盛时舜日，清明丽景，愿人和畅。

注：

① 伯英：张芝，东汉著名书法家，字伯英，善章草，称为“草圣”。

② 元瑜：郭瑀，十六国时敦煌人，字元瑜。通经艺，多才艺，善属文。隐于临松薤谷，讲经著述，有弟子千余人。并著有《春秋墨说》《孝经错纬》等书，当时有盛名。

③ 定远：班超，东汉扶风人，经略西域有功，被封“定远侯”。

④ 贰师：李广利，西汉中山人，太初元年封贰师将军，西征大宛取汗血马。后兵败降匈奴被杀。

桂枝香·榆林窟

南山雪霁，正暖日熏风，秀色如织。放眼平畴绿遍，草青吟翠。壑深壁立望天小，枕清流、梵宫禅寺。僻陬灵地，法相定慧，几多殊事。

观画壁、丹青绝艺。又道士传宝，元亨纾济。依旧西风吹过，宝相经世。蜿蜒曲涧听溪淌，看轻风温软亲苇。塞燕低唱，榆林晴丽，木阴澄水。

水调歌头·锁阳城遐思

祁连映霁雪，日暖水汤汤。润滋田野平畴，新绿喜农桑。东傍潺潺疏勒[①]，西看榆林[②]潋滟，城里夕烟飏。又闻西凉乐，丝路舞霓裳。

曾几时，狼烟起，战火戕。西蕃侵扰，都督[③]智退美名扬。求法披榛筚路，德化舍身生死，夜渡冥流[④]凉。过往如云散，古柳沐斜阳。

注：

① 疏勒：词中指流经锁阳城东边的疏勒河。

② 榆林：词中指锁阳城西边的榆林河。

③ 都督：词中“都督”指张守珪。《资治通鉴·卷第二百一十三·唐纪二十九》：“开元十六年秋，七月，吐蕃大将悉末郎寇瓜州，都督张守珪击走之。开元十七年三月，瓜州都督张守珪、沙州刺史贾师顺击吐蕃大同军，大破之。开元十八年五月，吐蕃遣使致书于境上求和。”

④ 冥流：即冥水，专家考证即今天的疏勒河。

沁园春·锁阳城咏怀

柽柳轻摇，碛蒿翠被，金风抚柔。看祁连映雪，层峦叠嶂；水滋疏勒，润泽平畴。烽燧孤伶，古城茕寂，嗟慨千年空郁悠。怅过事，叹青山依旧，岁月春秋。

昔初唐燧烟稠，恰虎将封侯挂箭钩。有大夫执印[①]，恤民堞固，空城巧计，智退蕃酋；长史威名[②]，天山箭定，兵困孤城酣战犹。塞风劲，正残阳夕照，鸣燕啁啾。

注：

① 大夫执印：指唐代名将张守珪。唐代诗人高适诗《宋中送族侄式颜》有："大夫击东胡，胡尘不敢起。"赞颂了张守珪征胡的丰功伟绩。

② 长史威名：指唐代著名大将薛仁贵。唐高宗时，薛仁贵曾累官至瓜州长史、右领军卫将军、检校代州都督，封平阳郡公，为唐王朝拓土固边立下不朽功劳。民间广泛流传他的"三箭定天山""神勇收辽东""兵困锁阳城"等传奇故事。

群英赞歌

QUNYING
ZANGE

张议潮[1]赞

（一）

才闻胡马乱长安，
又报边陲起堠烟。
滚滚乌云城压黑，
凄凄塞雪骥难前。
唐音变作西戎调，
汉域却将蕃服穿。
故土东望思国礼，
关山隔远断鸿单。

（二）

神将逐虏举云幡，
归阙降旗蕃字卷。
玉角斫营几战死，
鸣鍭策马凯歌传。
麤兵十载金瓯齐，
进表三年御殿前。
润泽丰穰锄麦菽，
勤民社鼓乐尧天。

注：

① 张议潮（799—872），唐沙州（今甘肃敦煌）人。“安史之乱”后，吐蕃乘乱占领河西、陇右之地，建中二年（781 年）沙州失陷。大中二年（848 年）张议潮乘吐蕃内乱，率沙州士民起义，驱逐吐蕃统治者，先后收复沙州等河西、陇右十一州，遣使十路绕道历经艰辛到长安献表归唐，被任命为归义军节度使。咸通八年征召入朝，授右神武统军，南阳郡开国公。咸通十三年，卒于长安。

张芝[1]咏

将门后嗣大司农，
免胄头盔意管锋。
拂帛多勤清彩素，
临池累岁染缁秾。
笺田墨稼挥椽笔，
飞白传神掠舞龙。
把酒朝天名草圣，
英风吟啸有书宗。

注：

① 张芝（？—约 192），字伯英。汉族，敦煌渊泉人。东汉书法家，出身官宦家庭。张芝擅长草书，富有独创性，在当时影响很大，有“草圣”之称。北京大学教授、引碑入草开创者的李志敏评价：“张芝创造了草书问世以来的第一座高峰，精熟神妙，兼善章今。”书迹今无墨迹传世，仅北宋《淳化阁帖》中收有他的《八月帖》等刻帖。张芝与钟繇、王羲之和王献之并称“书中四贤”。

索靖[1]歌咏

明经览史峻鸿猷，
荡寇平戎遂赠侯。
参悟伯英工善草，
独新章体洒清遒。
灵蛇笔砚尊宗法，
彩凤丹笺婉玉钩。
二妙一台成美誉，
五龙塞外册春秋。

注：

① 索靖（239—303），字幼安。敦煌郡龙勒县（今甘肃敦煌）人。西晋将领、著名书法家。索靖学识广泛，博通经史，称为“敦煌五龙”之一。晋惠帝时封关内侯，以荡寇将军之职平定西羌叛乱，年六十五因伤卒。累赠司空、安乐亭侯，谥号“庄”。索靖善章草，传东汉张芝之法，其书险峻坚劲，自成一家。他和另一大书法家卫瓘同在尚书台供职。卫瓘为尚书令，索靖为尚书郎。由于二人在书法艺术上独具风格，当时被人们誉为“一台二妙”。著有《草书状》等。

李暠[1]歌赞

博涉经纶自远筹，
胸怀鸿业逐沙州。
著功塞上仁声懿，
偏据西凉阊阖秋。
内举贤才勤稼穑，
外除强虏挂吴钩。
常吟槐颂抒雄志，
可叹壮心终未酬。

注：

① 李暠（351—417），字玄盛，小字长生，陇西成纪（今甘肃秦安）人，自称西汉将领李广十六世孙，十六国时期西凉政权建立者，唐高祖李渊是其六世孙。隆安元年（397 年），段业自称凉州牧，以李暠为效谷县（今甘肃敦煌西北）令，后升为敦煌太守。隆安四年（400 年），李暠自称大将军、护羌校尉、秦凉二州牧、凉公，改元庚子，建立西凉政权，以敦煌为都城，疆域广及西域。李暠割据西凉只有短短的 21 年，但在治理上却颇有建树。他内修仁政，执法宽简，赏罚有信；重视农商，兴修水利，“敦劝稼穑”“故年谷频熟，百姓乐业”；在文化上，尊崇儒道，延揽人才，兴学授经，著书立说之风大兴，使西凉成为五凉文化的中心。义熙元年（405 年），改元建初，遣使奉表东晋，并迁都酒泉，与北凉长期争战。义熙十三年（417 年），李暠去世，享年六十七岁，谥号武昭王，庙号太祖，葬于建世陵。唐朝李氏亦称李暠为其先祖。唐玄宗李隆基天宝二年（753 年）追尊为兴圣皇帝。

竺法护[①]颂

仙诞月支羁异乡，
移居僻郡座禅堂。
八龄始度师高释，
七品融通诵戒章。
遍访圣僧明义理，
穷研佛旨渡慈航。
精臻大藏承经籍，
菩萨敦煌美誉扬。

注：

① 竺法护（231—308），又称昙摩罗刹（梵 Dharmaraksa ，意为法护），月氏国人，世居敦煌郡，八岁出家，礼印度高僧为师，随师姓“竺”，具有过目不忘的能力，读经能日诵万言。当时中原地区虽然礼拜寺庙、佛像，然而大乘经典未备，法护立志西行，不辞辛劳，万里寻师，不但精通六经，且涉猎百家之说，遍通西域三十六国语文。泰始元年，携带大批经典返回东土，居于长安、洛阳，专事译经，精勤行道，广布德化，时称敦煌菩萨。鸠摩罗什尚未来到中国以前，中国佛教初期最伟大的译经家就是竺法护。大乘佛教最重要的经典《法华经》，即竺法护以《正法华经》为题译出，而流布于世。罗什以前，到中国的译经师虽然很多，但以译经部数来看，竺法护是翻译佛经最多的一个，对佛教的传播做出了积极贡献。

常书鸿①歌赞

西湖妩媚毓才灵，
旗族宦门耀宠荣。
笃系丹青传画韵，
研精远渡有芳名。
只为理想终期愿，
决弃繁华筑梦行。
守护多难经九劫，
舍身饲虎慰平生。

注：

① 常书鸿（1904—1994），现代油画大师、敦煌艺术研究家。满族。1904年4月6日生于浙江杭县（今杭州）一个世代官宦之家。他自幼喜欢绘画艺术，1927年曾到法国专攻西洋油画，考入里昂中法大学，后转到巴黎高等美术学校继续深造。留学十年间，他取得了卓越的成就，许多油画作品获金奖或被法国国家博物馆收藏。虽然拥有了令人羡慕的荣誉和美满的家庭及良好的生活条件，但他始终忘不了报效祖国。在国家危难之际，他毅然决然抛弃拥有的一切优裕条件，义无反顾地选择了回国，选择了敦煌，终其一生，历经常人难以想象的各种困难和磨难，把他的全部身心和艺术才华，奉献给了敦煌的保护和传承工作，做出了彪炳史册的贡献，被人称作“敦煌的守护神”。

段文杰[1]歌赞

邹鲁蜀中名梓东，
西陲佛窟艺无穷。
髯公妙品穿心魄，
才俊魂神入梵宫。
影壁三毫曹衣水，
墨笺八格带吴风。
大成集众称宏擘，
画作鼎扛著等丰。

注：

① 段文杰（1917—2011），著名敦煌学研究专家，国画家。四川省蓬溪县人，1945 年毕业于重庆国立艺专。曾任敦煌研究院院长、名誉院长，是敦煌学研究的领军学者。他临摹壁画 340 多幅，技艺精湛，形象准确，代表了敦煌壁画临摹的最高水平；在探讨敦煌艺术诸方面进行了开拓性的研究，见解独到，造诣精深，成为敦煌艺术研究的集大成者；一生研究著作等身，许多著作堪称敦煌学的扛鼎之作。著有《敦煌彩塑艺术》《敦煌壁画概述》《段文杰敦煌艺术研究文集》《段文杰敦煌壁画临摹集》等。他扎根大漠 60 多年，一生热爱敦煌，矢志不渝。为敦煌文物保护、研究和弘扬呕心沥血、殚精竭虑，奉献了毕生心血和精力，做出了巨大贡献。

浣溪沙·忆文杰先生

——写在段文杰先生百年诞辰之际

川蜀竹松节劲生，沧桑高俊百年庚，凌风傲雨任枯荣。
妙笔绘描宏志愿，丹青晕彩铸真诚。一词诗赋悼才英。

悼袁隆平[1]院士

大地金禾如露泪，
青山滴翠似含悲。
高天颂德云舒卷，
厚土承恩水蹙眉。
一世粮谋万民饱，
千仓廪实九州治。
而今禹甸丰衣食，
四海稻香皆口碑。

注：

① 袁隆平（1930—2021），汉族，生于北京，无党派人士，江西九江德安县人。是享誉海内外的著名农业科学家，中国杂交水稻事业的开创者和领导者，中国共产党的亲密朋友，无党派人士的杰出代表，“共和国勋章”获得者，湖南省政协原副主席，国家杂交水稻工程技术研究中心原主任，中国工程院院士，被誉为“杂交水稻之父”。

诗意生活

SHIYI
SHENGHUO

赠红柳驿主海潮

水彩花疏影，
丹青墨自香。
龙蛇飘隽永，
笺管俊才扬。

赠亚玲

丹青摹骏骨，
画彩蕙心贤。
咏絮鸾翔翥，
飞天舞亦然。

赞海涛工匠精神

郊庐秀木幽，
室雅寂鹦啾。
逸韵多情致，
精工艺两俦。

题张淳惠赠画册

张淳和我同为敦煌中学校友，长我三级，乃校友中之佼佼者，我等常以之为荣。昨日他回敦煌和同学团聚，不期而遇，赠画册一本有感而题。

沙州毓秀芷兰妍，
妙手丹青绘彩卷。
挹得灵岩疏勒韵，
曹衣吴带炫霞笺。

图书馆兴遇旧知

兰台清静敞，
书海自徜徉。
故旧兴期遇，
情深煮茗香。

题图书馆新馆

浩帙兰台书似海，
青灯苦读出英才。
劬勤筑就登高路，
他日摘星谁夺魁？

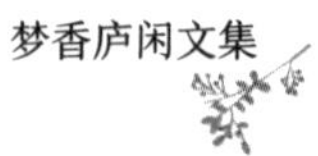

赞莫高里工匠村村长杜永卫先生

（一）

紫陌轻荫墟里烟，
门镌工匠莫高悬。
塑容绘质雕心骨，
众相芸芸说大千。

（二）

莫高器韵动秋声，
口吐莲花风骨生。
泥土神奇成杰作。
超凡技艺赞殊荣。

（三）

洪荒滩上凝胶土，
万踏成尘谁入睽。
大匠神形世人拜，
原来佛祖也信泥。

（四）

金身狮座宝相悬，
善女虔诚香烛燃。
欲问前生禅祖事？
千敲万捶始成仙。

初中毕业五十年忆

弱冠笄年宿意昂，
魁星楼下聚黉堂。
童颜未脱诚无忌，
稚气芳华志犹长。
夜读霜花寒雪月，
晨聆酷暑被晴光。
传经谕诲呕心血，
折桂蟾宫著锦章。

下乡知青五十年记

（一）

青春花季少离家，
意气方遒绮岁华。
闹市寒窗怀远志，
僻乡天地斗黄沙。
肩扛冷月运肥土，
头顶骄阳割麦麻。
不沐风霜无历世，
焉能立业若朝霞。

（二）

勤耘汗洒润桑田，
百样农工励志坚。
水库鏖兵风雨夜，
荒原斫草雾云天。
攀山融雪斗严苦，
筑路凌寒裹地眠。
宝剑锋从磨砺出，
蹉跎岁月任华年。

（三）

依稀似梦逝流年，
倏忽苍驹鬓镜前。
半世沧桑崎岖路，
一生珍重步行坚。
非经瑞雪凋风骨，
焉得红梅艳紫胭。
不觉黄昏残照晚，
夕霞辉映淡云烟。

同学聚会

花开花落水流长，
岁月如梭叹鬓霜。
三载同窗缘一世，
半生情谊阅沧桑。
举杯慨忆黉门趣，
把酒常谈坎坷觞。
回首华年终不悔，
擎樽再聚品醇香。

故旧嫁女，同事喜聚

冬令数九浸衣寒，
侪辈相邀喜凤鸾。
共处十秋风雨度，
重逢一聚鲍鱼餐。
停杯尽忆年轻事，
品茗还谈旧日欢。
莫叹凋花流水去，
晚晴犹恋夕阳残。

夕阳曲

悠闲自在过花甲，
岁月催人霜鬓华。
漫步党河披曙色，
怡情小镇沐丹霞。
间和老友推牌九，
偶与新朋品早茶。
兴向诗仙寻绝句，
趣觞酯酒话桑麻。

黄昏颂

年年春夏历秋冬，
雪压霜华岁月匆。
暖送芳菲花亦老，
寒生草木叶侵枫。
依然柳翠轻烟绿，
又是莺飞杏蕊红。
尧世清明恩泽沐，
残阳照旧笑东风。

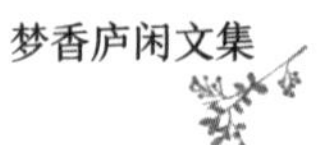

寄退休老干部

（一）

两鬓霜华伏骥翁，
春晖吐哺志仍雄。
身存余热尽挥洒，
染得残阳格外红。

（二）

暮年壮志赤心贞，
哺育之恩似再生。
老树春风绽新绿，
燃灰红烛唱秋声。

（三）

积善无须看大小，
真情一寸暖人身。
稀疏嫩草难成绿，
势遍葳蕤处处春。

鹿城[1]思乡

塞外春游踏雪行，
江南胜景已飘英。
天晴日丽雁归远，
不减怀乡故土情。

注：

①鹿城：今江苏省苏州昆山市。

游三亚呀诺达热带雨林[①]

怪石嶙峋碧涧潺，
林藤虬曲锁阳天。
又疑翠蔽迷途处，
路转峰回幽径前。

注：

① 三亚呀诺达热带雨林，属于五指山山脉，位于保亭黎族苗族自治县境内。走进雨林“呀诺达”，这个正在建设中的海南岛的热带香巴拉，她美丽而神奇、幽深而神秘、庄严而神圣，真的是你一生向往、不来而感到非常遗憾的雨林王国、欢乐天堂、心灵圣域…… 如果把分布在美洲、亚洲、非洲三大块上的热带雨林，比喻成环绕地球赤道周边的翡翠项链，那么海南的热带雨林，则是这条翡翠项链上最闪耀的宝石。“呀诺达”雨林文化旅游区，是这闪耀宝石中璀璨的一颗，它是海南五大热带雨林精品的浓缩，是目前海南保护、开发、利用热带雨林最具观赏价值的热带雨林博览馆。

游三亚感怀

初春鹿岛①醉花荫，
日暖青浓染壑林。
海韵椰风天际远，
碧涛白浪鹭鸥吟。
奇葩异果琳琅目，
薄露轻氲浃汗襟。
南国婉姿千里秀，
苗黎古寨唱今音。

注：

① 鹿岛：海南省三亚市又称鹿岛。

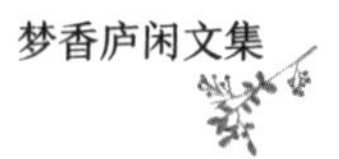

《忆江南》（双调）

从江南返回塞外故乡不及半月，但南国丽景不时萦绕脑际，寻芳胜迹，怎不忆江南？

初归梦，南国记犹新。青瓦山墙烟绿笼，长桥流水野花茵。鹂鸟唱芳春。

时雨暖，棹渡柳垂津。吴女摇歌波縠皱，俚谣沉醉寄游人。欢语悦亲情。

醉花阴·江南春雨思乡

春日不寒烟雨暖，染绿蹒跚晚。铅墨复阴云，湿翅黄鹂，带露林中返。

绮窗凭倚思乡远，雨打江南苑。春讯寄归鸿，塞外天寒，知否融冰浅？

连襟妻妹携孙假日回乡省亲

（一）

夏炎流火赛骄阳，
塞雁吴山恋故乡。
菜豆盈畦瓜麦熟，
桃梨满树杏桑香。
孙儿绕膝聆童语，
娘舅床前叙话长。
至善人间存孝悌，
休闲常想侍高堂。

（二）

蛙鸣夜雨入河堤，
贯耳东邻唱锦鸡。
菜苑稚童馋蜜杏，
梨园始龀耍黄泥。
昏鸦碧树带花落，
舞蝶农家压叶低。
羡享天伦怡得趣，
盈盈笑语满清溪。

五绝·腊八

腊粥四阳中，
凌寒雪未融。
庆年时尚早，
邀友酒几盅。

如梦令·春节

新岁寒阑春早，福送楹联竹爆。大有庆年丰，宴乐侑觞嬉闹。调笑，调笑，爷女比夸新袄。

元宵赏月

丁酉元宵月始圆，
银花火树彩灯妍；
春风暖煦吹西地，
笑语千门乐有年。

辛丑上元

火树银花夜未阑，
鱼龙劲舞彩灯悬。
元宵煮出欢庆味，
万户盈盈对月圆。

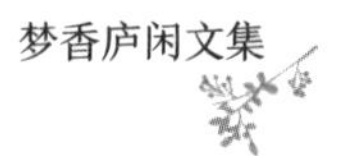

母亲节忆家母并献给所有的母亲

依稀梦里自神伤，
赶节犹思萱泽长。
育子经年千苦度，
持家寒暑万难尝。
高天厚土说慈爱，
云岭江河写景仰。
跪乳羔羊知报答，
感恩亲去愧悲怆。

庚子清明祭

每至清明总不晴，
思亲泪眼梦牵萦。
悲风怕见春花落，
杏雨偏嫌芳草荣。
烛夜釭寒千衲服，
饥肠菜苦伴汤烹。
怀恩欲孝今何在？
长跪孤茔啜啶声。

端午节忆屈子

棹击九歌扬，兰蒲艾芷香。
楚辞悬日月，汨水泪汤汤。

端午忆三闾大夫

楚辞高品自清流，
颂橘馨芳竞九秋。
俯仰直臣千古怨，
汨罗浊浪枉悠悠。

端午晨雨

夏木荫荫日晦昏，
端阳霁雨慰忠魂。
天公有爱潸然泪，
难洗直臣千古冤。

端午节

五月骄阳卓木芳，
又闻蒲叶粽飘香。
长天静寂云舒卷，
浩渺清波水泛光。
革故鼎新吟橘颂，
难酬报国问天殇。
每逢插柳龙舟日，
常忆三闾把酒觞。

水调歌头·端午咏怀

时节序炎夏，酷暑又端阳。柳枝蒲艾悬门，菖叶粽含香。丽日轻云波碧，百舸龙舟竞渡，击水棹声浪。雄石酒共醉，兰浴梦沅湘。

楚天阔，鸢翔集，橘孤芳。芝兰玉树，馨逸难御稗茅伤。毁黜惆思天问，愤世胸怀长啸，汨水恸身殇。盛世思佳节，骚曲赋新章。

立夏

鸟啭晴光唱落英，
青苗被翠露华明。
夏虫不悟怜春色，
浅树深塘又几声。

蝶恋花·立夏抒怀

青草萋萋飞柳絮。烟雨蒙蒙，绿遍阳关路。燕剪清波翅沾露，春风已过轮台去。

落花何必叹春住。不负韶华，笑看残阳暮。秋果何妨红花妒，枝枝压满相思树。

芒种

叶密杏青黄，
桑肥雨入塘。
暑催千粒籽，
成熟笑针芒。

芒种

云霞曙照浴晴光，
五谷熏风稷事忙。
两岸老林枝欲翠，
一池新苇叶初长。
蛙鸣野渚肥青杏，
雀噪浓荫熟紫桑。
待到开镰收割日，
丰年稻菽满金黄。

小满感怀

雨落噪蛙喧，风梳麦浪闲。
扬花身直立，稔熟始腰弯。

小满

夏木荫荫曙色明，
长河水涨芰荷生。
远山晓见蒙蒙雨，
近岸昏聆淡淡声。
记得莺啼苗始壮，
只今蛙唱粒正盈。
秋来稔熟千仓满，
处世戒骄须励行。

夏至

暑日寥寥夏漏长，
晷时无影又纯阳。
池塘野藻初披翠，
田里麦苗刚吐芒。
银蚪弄萍青满眼，
金蝉唱柳绿流光。
儿童趣在丛中戏，
蹑足肥枝捉幼螂。

中秋抒怀

沙岭银蟾寂柳东，
镜泉秋月夜霓虹。
嫦娥感悔偷灵药，
泪洒相思天地同。

己亥中秋赏月

星汉渺茫穹宇朗，
微云初尽月华凉。
神州皓耀清虚净，
塞上轻寒槛菊香。
桂露斗芳冰镜寂，
兔茕金杵素娥觞。
欣然十五团圆日，
情满人间幸福乡。

己亥重阳抒怀

凋木萧萧傲冷霜，
红燃地锦[①]近重阳。
东篱菊圃轻寒秀，
紫蕊余英吐露香。
苇摆多情谁解语？
雁翔迢远梦潇湘。
登高漫忆平生事，
喜看年年落叶黄。

注：

①地锦：俗称爬山虎，攀缘藤本植物，深秋叶子经霜由绿色变为血红，像燃烧一般。

七夕遐思

广汉渺冥烟，相思泪眼怜。
盼来团聚日，倾诉去离单。
尽说天情义，谁令邈水悬？
鹊桥通九宇，世上共婵娟。

冬至

时令岁杪盼年新，
暮霭清风紫气氤。
纵是残冬寒甚处，
初阳日暖照霜晨。

大雪抒怀

琼凝瘦叶嫩寒晨，
塞地披纱化俗尘。
逸处楼台知冷暖，
丰年不负种田人。

三角梅

临窗虬劲倚，
老瘦笑寒枝。
远树残英落，
苔阶夏雀戏。
朝阳涂暖霭，
晨露沐丹曦。
片片红花艳，
情浓忆旧诗。

鸣山草堂聚会

鸣沙去处柳荫藏，
苇簟遮凉貌不扬。
儒雅主宾流俊逸，
蓬茅草舍意悠长。
烹蔬野味佳肴鲜，
小酌名茶酒醴香。
阅尽人间风雨事，
高歌纵说世沧桑。

效谷春早

春回塞上启三阳，
韶景清明尽旭光。
雀跃寒枝盼青帝，
燕疑漠冷滞他乡。
和风绣壤添祥气，
衰草枯蓬现嫩黄。
渔泽[①]力田勤效谷，
金牛奋进播新秧。

注：

① 渔泽：即渔泽障。西汉元封六年（前105年）渔泽尉崔不意教民力田，以勤效得谷，因立为县名，为效谷县，在今甘肃省敦煌市东北部。

杏花咏

素妆霞蔚映云天，
浅抹晶莹染翠烟。
巧剪绫绡颜淡淡，
轻描胭粉嫩鲜鲜。
蜂飞泣露蕊沾翅，
蝶舞晓风花欲眠。
又听繁枝莺语乱，
闻香笑闹绛唇前。

李广杏

碧叶浓荫透浅黄，
金丸缀绿映霞光。
垂枝点翠珠如玉，
赏饯流浆齿有香。
李广传奇仙果落，
将军世代伴名扬。
杏林博爱悬壶术，
祛疾黎民万众康。

品李广杏有感

青青翡翠缀金黄，
口啮瓤浆齿呡香。
世上只尝甘果味，
几人记起蜜蜂忙？

红柳赞

修态娇柔向惠风，
纤纤弱体笑西东。
虬枝舞袖仪婀娜，
簇蕊缠茎染赭红。
不惧穷荒凭志韧，
任它寒暑自葱茏。
人称圣物观音柳，
一树斜阳傲宇穹。

刺玫花

植根本土瘠贫生，
叶落花开自宠荣。
簇簇团团亲胜语，
从从朵朵吐华英。
常依僻野柔情笑，
也恋闹区车马鸣。
不与百花争吐艳，
穿花蛱蝶掠流莺。

槐花

节序交逢日渐寒，
瘦红褪尽百芳残。
云枝蔽盖花如雪，
紫穗流苏艳似丹。
鸿业胸怀咏槐赋[①]，
春秋一梦[②]枉乘鸾。
蝉鸣掩翠催时去，
雀弄垂英夏未阑。

注：

①《槐树赋》：为十六国时期西凉国的建立者李暠（351-417）所作，咏物明志，借槐树抒发自己建功立业的抱负。

② 一梦：典出唐代李公佐《南柯太守传》载：淳于棼酒醉，在槐树下梦入槐安国，娶公主，封南柯太守，尽享荣华富贵。

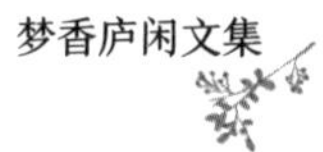

马兰花

常倚洼田水涧边，
自荣自落自闲安。
春风吻我情犹在，
晚景含红夕染兰。
不与百花争艳色，
浑然赤紫斗澜漫。
原来埂畔林中卧，
今却也依车马欢。

胡杨颂

不依沃野栖贫瘠，
根扎丘荒铁骨铮。
百代狂沙吹且毁，
三千事迹死逢生。
难跟剪柳比娇娜，
只与春松竞美声。
待到秋来霜染尽，
残阳夕照满林赪。

牡丹

沙州国色暮春开，
赤萼枝枝笑艳来。
绮绝群红倾魏紫，
香招彩蝶久徘徊。
娉婷闭月姿妖冶，
娜袅婵娟染杏腮。
本是皇城身富贵，
乘云塞上玉楼台。

散步偶见

梨花杏蕊芬芳尽，
乱落残红蝶满身。
偶见天香几点艳，
京华国色不嫌贫。

郁金香花

初春广宇荒芜中，
日暖萌芽绿草丛。
万木尚荣花绽蕊，
争先报岁一枝红。

临江仙·梨花带雨落

薄绿轻寒纱笼素，嫩林雪压枝杈。丹唇粉缟烂如霞，残红带雨，香冷燕飞斜。

风欺露妒任坠洒，繁花飘落篱笆。但请有意把春赊，长留丽景，莫负盛年华。

鹧鸪天·观影片《芳华》感怀

岁月蹉跎嗟旧年，芳华意气貌娇妍。凄风吹落梨花雨，燕翅沾凝晓露寒。

思往事，叹无眠。一轮明月淡云烟。度经劫簸真情在，一曲《绒花》霞满天。

满月有感

沙岭春心倚臂前，
相依亘古照山泉。
金风玉露成归梦，
寂寞清虚桂树边。

敦煌雅丹世界地质公园

岁月鸿蒙玉宇迢，
风裁水蚀垄冈雕。
千磨百琢逍遥谷，
孔雀云倪俏自骄。

莫高五彩田园

榕姿竹韵草花荣，
怪石青苔瀑落声。
饮酒品茶休憩地，
田园五彩莫高情。

莫负春光

垂条柳绿丝，闹雀倚阳枝。
宿燕清波皱，眠虫晓梦迟。
平沙茏莽翠，党水碧涟漪。
莫负春光好，韶华易早辞。

感怀

北风胡马倚，
归雁立南枝。
处处埋忠骨，
何须寄远思。

闲游敦煌公园

暮霭乱云低，疏林倦鸟啼。
浮尘遮慧眼，曲径绿幽蹊。
柳影嫌湖阔，莺声掠旧泥。
清庵钟鼓罄，觉悟梦中迷。

党河风情线赏荷

田田生菡萏，片片掌蒲扇。
翠盖层层叠，彤花淡淡旃。
含苞亭玉立，绽蕊映云鲜。
画橹吴姬影，渔歌塞上船。

党河早春

莺春嫩柳寒，
党水雪融残。
七九冰开日，
长河泛浊澜。

寄落花

残英坠翠百花殇，
濯水飘零褪艳妆。
莫道落红培沃土，
焉能硕果透枝香。

问花名

沿河曲径露华明，
畦内铺茵翠绿生。
怯问同行翁伯者，
闲花野草不知名。

叹苦豆[1]

不恋尘嚣野碛旁，
无忧无虑自昂扬。
人人嬉笑平凡物，
入土深培五谷香。

注：

① 苦豆为豆科槐属植物，主要分布于我国北方的荒漠、半荒漠地区。敦煌多有生长，适宜生于田边、路旁、草地、河边。本植物的根（苦甘草）亦供药用。当地瓜农夏季拔苦豆沤绿肥施于瓜田，据说瓜特甜。

赞生命力

东郊梨园散步，偶见一株近百年老树被从中腰斩，突兀的躯干上竟抽出嫩绿的新枝，不禁赞叹自然界顽强的生命力。

日曙长空暖霭燃，
金霞映照草花鲜。
枯荣恰似长流水，
生命周而又复年。

晨游敦煌公园

浓荫掩映觅晨幽，
静谧声闻鸟雀啾。
镜水清流惊塞燕，
波中倒影柳枝柔。

谒西云观

驾鹤西云庙乐飘，
禅房道阁势凌霄。
晨钟警醒迷途汉，
暮鼓声中劫自消。

党河风情线赏荷

远见孤帆影倒悬，
荷花近处又争妍。
黄昏水面寻金桂，
谁料偷闲落月泉。

祁连远眺

祁连谁让染霜愁，
竟是人间苦与忧。
化作清波通玉塞，
水流之处润沙州。

父亲节感怀

小木蒙茸满目葱，
三阳照耀沐东风。
冲天俟得成材日，
纪念朝晖雨露功。

赠同学

英姿绰俏汇群英，
意气韶龄聚友声。
忆昔寒窗杏坛梦，
依然如故卌年情。

和友人咏敦煌

高天云淡压祁连，
剑刺贰师流瀑泉。
一水惠煌歌百代，
风沙碛里唱丰年。

小草

（一）

百卉园中小草茵，
群芳斗艳一时新。
平凡世界寻常见，
不妒争奇同伴春。

（二）

连天叠翠染葱茏，
铺绿荒畴谷雨风。
装扮江山无墨色，
青青小草一丛丛。

岁杪感怀

撕完台历岁将残，
尘世年轮又一圈。
更履几多风雨事，
霜添丝鬓梦中眠。

四季诗韵

SIJI
SHIYUN

塞上春迟

塞外青容步履迟，
冬妆不卸恋琼姿。
初春瑞雪仍寒冽，
急待飞花舞柳丝。

塞上早春

（一）

初融积雪浸肤寒，
柳眼惺忪别梦残。
莫道东风归雁晚，
蓬松枯草绿芽钻。

（二）

冬阑积雪浸肤寒，
日暖东君步履蹒。
踏遍春光无觅处，
莽茫衰草绿芽繁。

春日抒怀

（一）

丽日晴和放纸鸢，
红黄粉白扮春妍。
风来舞动残英落，
雨润青茵翠似烟。

（二）

青杨绿草杏花风，
蝶舞夭妍莺唤红。
春色十分描不够，
三分只在画图中。

（三）

塞北天寒春日迟，
雀啁三两闹阳枝。
寄期宿燕归来晚，
捎得东风染柳丝。

观血月

丁酉年腊月十五日 150 年难得一见的“超级蓝月亮月全食”奇观有感。

金轮独挂暗星空，
素镜清颜染晕红。
遥想寒宫孤寂舞，
吾侪笑饮酒几盅。

塞北春迟

醉青南国翠如茵，
塞外黄芽绿未匀。
丽日催生鹅浅色，
蓬丛乱草觅芳春。

早春喜雪

霜凝燕寂月朦胧，
瑞叶犹遮暗宇穹。
料峭冷风吹乱草，
寥萧瘦柳动蓑蓬。
初春有意红颜面，
早雪无情四野空。
屋外苍茫飞絮舞，
丰年喜说笑乡翁。

踏莎行·塞上春

韶景清明，青郊绿遍，轻摇芳草东风软。柳丝戏水醉春烟，凫鸥栖渚鸣声断。

党水澄泠，沙州日暖，蓬茸铺翠黄芽短。新枝老树缀榆钱，衔泥梁垒飞堂燕。

雨细风清，绿肥畦浅，斑斓五彩春红乱。蝶亲紫蕊溢香醇，蜂沾玉靥迷回返。

春色将凋，韶华怕晚，残红落尽飞鸿雁。春光不负志驰行，夕阳西下瞑霞绚。

卜算子·咏春

秀野惹东风，日暖铺芳甸。烟景朦胧柳叶新，翠色连天远。

南陌日西斜，绣壤春光浅。布谷声声莫误时，稼穑丰仓满。

阳春杏花风，丽景桃花雨。蓝白红黄次第开，眉眼盈盈处。

群蕊竞芳菲，嫩色妆千树。蛙唱熏风菡萏香，笑看残红舞。

莺啼序·塞上春浓

祁连暖阳霁雪，汇涓流细注。滥觞下、轻浪汤汤，润泽龙碛边宇。恰三月、春烟翠被，风轻碧水天边树。画图中，繁叶闻莺，草青凝露。

塞垒衔云，古燧静寂，更春风竞度。看遥远、柽柳青青，陌头茵绿无数。历年年、衡阳雁叫，向回路、依依乡土。渥洼池，芦嫩芽黄，水惊鸥鹭。

沙泉韵秀，碧水含情，梵音绕柳浦。尽绿透、目涵芳草，翠锁南村，杏媚霞帔，李娇飞舞。桃红满地，余香琼蕊，蜂狂迷蝶嬉春趣，乐逍遥、不晓斜阳暮。花团叶盛，群芳绮绘云霞，古城丽景佳处。

年年柳色，羌笛和声，绿满阳关路。古道远、驼铃新旅，散尽烽烟，沐浴风华，播洒花雨。呢喃宿燕，归来寻旧，楼台新矗迷室舍，望凝眸、皆市郊城墅。清明新雨空蒙，绣壤丹青，漫飘落絮。

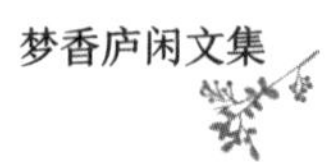

长相思·恋春

杏花开，李花开，恣意群芳春到来。谁将春色裁？

粉花哀，白花哀，色褪风摧凄雨霾。经年君复来。

清平乐·伤春

暮春老欤？落叶沉无语。无可奈何流水去，伤逝却难留住。

紫燕带雨声歔，熏风縠皱惊鱼。群艳尽、蜂难觅，芳菲逸、又芙蕖。

临江仙·暮春

落坠缤纷娇容悴，残红盈径香销。熏风送燕倦归巢，暖杨飞絮，又见柳花飙。

世人只爱春光好，有谁知、易容憔。花凋才有果香飘。韶华不老，春驻永妖娆。

踏莎行·送春

谢了花红，彩盈陌路，流莺难驻匆匆暮。熏风不解噪蝉声，落英满径惆无语。

醒蛩初鸣，归鸿带雨，燕啁惊醒慵疏寤。莫言流水叹韶华，芳心永在春常住。

卜算子·怅春

红乱次第开， 霞染彤云彩。舞蝶飞蜂带露戏，姹紫芳如海。

花难百日红，堪摘当须采。终有花开叶落时，失去空期待。

蝶恋花·惜春

暖照煦风轻绿嫩。笑了莺花，传递春潮讯。蝶弄花容风轻吻，蜂拈粉蕊香林近。

零落纷飞妍谢陨。难觅群芳，满目春华褪。如水时光扪自问？浮生无负霜华鬓。

清平乐·莫负春光

春光莫错，群艳终凋落。花败尚望丰果获，红坠何须凄寞。

锦绣满眼丹裳，百花扮靓丽妆。任她惊风摧叶，逸韵笑傲残阳。

初夏喜雨

（一）

乌轮遁影压云霄，
白练千丝乱絮飘。
入夜清尘生净土，
连天酷暑顿冰消。
长空雨霁披朝霭，
草露光明映日夭。
奋翅燕翔飞亦重，
青烟绿翠自多娇。

（二）

微风擘柳压云低，
雾翳荫秾踏洗泥。
燕子呢喃寻画栋，
青蛙鼓噪唱田畦。
枣花满缀金钗戴，
浦草凌波碧水栖。
闹雀惊眠觉日长，
径铺笺素觅诗题。

雨后彩虹

阴云笼暑夏，
细雨燕飞斜。
彩练当空舞，
昏暝染绮霞。

小暑感怀

熏风抚柳弄轻柔，
玉露滋荷映日浮。
草帽遮颜辛苦汗，
丰年稻麦满田畴。

夏至偶见

黛染层林翠柳青，
蝉鸣深树戏鱼萍。
熏风吹剩残芳去，
点水红蜓伞上停。

酷暑喜雨

蛩藏阶坎燕归梁，
绿柳云低蝉噪长。
细雨熏风尘世净，
冰心晈洁自生凉。

秋韵

天高云淡雁成行，
草木凝霜绿渐黄。
冷树寒蝉声亦哑，
蓑丛噤蜢噪堪凉。
金风日映莲花老，
暮霭烟岚落水塘。
何必寂寥悲白发，
喜看红叶梦中香。

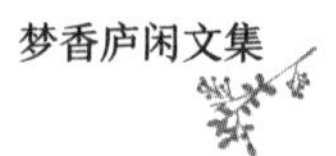

塞上秋

芳凋菊月稠，色舞玉关秋。
日夕鸿声远，残红逐水流。

塞外秋景

轻寒草露霜，静寂月泉凉。
夜雨清尘世，微风送菊芳。
果红羞粉脸，秋意锁金黄。
闲看残英落，悠然品茗香。

陇上秋

（一）

一夜秋风满目黄，
金梧霜染菊添香。
繁华散去芬芳尽，
岁月如歌碧水长。

（二）

绿瘦红消陇上秋，
丹枫菊傲抚晴柔。
应该叶落寻常事，
半卷诗书岁月稠。

（三）

搅乱芦花舞朔风，
飘零坠叶落蒿蓬。
时光偬偬圆亏月，
笑看残阳好入梦。

喜秋日

夏日阑残暑气消，
高天雁叫木萧萧。
层林尽染梧桐雨，
一地金黄扫寂寥。

秋日即景

裁片秋云作素笺，
豪情引得入诗篇。
蹙眉缺少生华句，
听取波声落瀑泉。

暴雨遣怀

时值盛夏,刚过端午。上午还是晴空丽日,悠闲地飘过几朵云彩,下午阴云密布,接着雷鸣电闪,暴雨如注,白练似帘,一时城区大街小巷水流似河,浊浪滥觞,不多会云散雨霁,纤尘似洗,澄明如碧,夕阳残照,静若处子。

寂寞天公偶犯颜,
敲锣裂帛电雷连。
丝帘似注泪河下,
是否伤离恸九泉?

过党河风情线见枯荷有感

瑟瑟凋零锁暮秋,
萎池枯茇满凄眸。
还思暑夏花红日,
莫道韶华不解愁。

故乡秋韵

旷莽朦胧暗雪山，
寥萧淡洗碧云天。
晴空塞雁声声远，
隔岸寒桐瑟瑟单。
万树金黄迷极目，
千芦银穗舞翩跹。
斜阳晚照思迟暮，
红叶飘零小径前。

鹧鸪天·塞上秋景

总觉蝉鸣三伏长，西风雁叫送清凉。如描锦绣丰年景，似坠禾麻炫灿黄。

心旷旷，意茫茫，盈眸七彩小康乡。堪叹忧者悲秋色，枫叶飘红映鬓霜。

临江仙·秋兴

萧瑟西风惆寂寞，飘零落叶归塘。蒹葭冷露菊花香，南归大雁，队队自成行。

秋意一帘铺沃野，禾麻硕果金黄。几多愁绪与风殇，流年何叹，岁月染头霜。

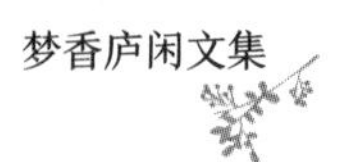

满庭芳·塞上秋

党水澄凉，鸣沙风冷，萧萧塞上清秋。麦麻黄透，胜景锁田畴。荡漾槐杨瘦影，碧波里、几只嬉鸥。南飞雁，声声咽远，万里寄乡愁。

迎眸，涵壮阔，青山不老，绿水长流。又霜菊传香，桐叶飘柔。今世浮沉阅尽，尘俗事、皆可忘忧。芦花白，风摇似浪，夜照月如钩。

清平乐·思秋

晨寒风厉，黄叶铺霜地。吹落乱红更入泥，只待芳尘蓄翠。

梦里又忆流年，韶华逝鬓霜残。静对凡尘世事，闲吟诗赋高眠。

菩萨蛮·惜秋

风寒云冷蕴秋意，草枯叶落黄花逝。蛩雀噤无声，南归飞雁行。兴来寻志寄，观叶铺寒地。长忆果盈枝，浓情融入诗。

长相思·伤秋

树儿黄，草儿黄。黄到平畴五彩妆，残秋落叶殇。
梦徜徉，思徜徉。意黯空怀神自伤，怅如流水长。

浣溪沙·恋秋

萧瑟芦花舞蓼风，南归塞雁叫长空。豆禾麦熟染霞穹。
一树梧桐凋落尽，半池菡萏瘦身躬。彤枫仍恋往时红。

立冬感怀

寒风袭冷草枯黄，
不抵薄衫冬日凉。
俯取胜秋几片叶，
等闻霜雪送梅香。

塞上初雪

立冬刚四天，昨天还是初冬暖阳。夜来风息雨疏，午后大片雪花裹寒飘洒，好一派塞外初冬雨雪画图。

萧萧寒木瘦霜枝，
坠叶飘零满径篱。
晚雨怜秋辞旧序，
迎冬飞雪重才思。

塞上又雪

寂寥青帝误东风，
尽散梨花满碧空。
翔翥玉龙飞柳絮，
翩跹天女舞苍穹。
千山裹素沙泉秀，
万壑银装古郡曚。
莫道世间坑坎路，
冰心尘洗颂时衷。

冬日喜雪

（一）

大寒浓雾暗苍穹，
玉蕊轻飘冷碧空。
谁使天公降吉瑞，
万门千户庆年丰。

（二）

乌云压顶雾朦胧，
漫舞琼芳冷草蓬。
涤荡尘埃天宇净，
冬寒霁雪夕阳红。

冬日遐思

大漠风眠压雪山，
凝冰霜冷鸟飞还。
高天瑟瑟空凄切，
独见寒梅树上斓。

冬日即景

东畔芦花一抹黄，
西边冰下水流塘。
浮生莫道残霞晚，
落日余晖照影长。

冬雪

茫茫飘舞尽飞花，
散落缤纷入万家。
玉砌冰雕缠冷树，
银装素裹沐云纱。
苍穹漠漠澄空碧，
莽野蒙蒙瘦柳斜。
赖得天公呈吉瑞，
来年把酒话桑麻。

雪夜静思

丁酉腊月二十四日，在敦煌去西安的火车上，看河西走廊千里飞雪，列车在漫天的飘雪中穿过，有感即兴。

凌寒客路远行中，
电掣银龙柳絮朦。
混沌天穹俗世净，
银装玉砌鉴心同。

联语拾粹

LIANYU
SHICUI

丝绸之路名胜风景

丽日堆金沙岭秀，
秋波映水月泉明。

凭栏望波平寂静，沙岭晴明，一片禅心忘现世；
纵情赏湾水清风，月泉晓彻，犹如梦境胜游仙。
——敦煌鸣沙山·月牙泉

驿马传书边塞月；
征鸿信使捣衣声。
——敦煌悬泉置

神龙未尽身先死；
白塔高昂百代秋。
——敦煌白马塔

花雨缤纷飘洒中兴梦想；
飞天炫舞彰昭强国情怀。

岁月掩黄沙驼铃远去通丝路；
飞天歌盛世古郡时来沐蕙风。

丝路架桥梁，羌笛驼铃胡旋舞；
沙州连绝域，葡萄美酒夜光杯。

疏勒过秦关，羌笛仍吟尧时旧韵；
三危吞汉月，琵琶再奏盛世新声。

岂唯张芝草圣郭瑀儒宗文脉远；
更有宝窟飞天阳关叠咏览胜多。

金戈铁马，羌笛轻吟璀璨时光，丝路春风吹柳绿；
汉月秦关，黄沙怒掩峥嵘故事，古城盛世舞霓裳。

名城古郡，阅尽疆场鼓角、故垒兵戎，驼铃大漠说悲壮；
瀚海明珠，览胜沙岭晴鸣、残关映照，花雨缤纷唱美声。

远去驼铃，望不尽大漠孤烟，边关朔月；
迢遥古道，时相闻长城鼓角，塞马征声。
——丝绸之路（敦煌）

庄严大德，鼓磬喈喈指点迷津事；
自在高僧，焚香袅袅惊醒梦里人。
——敦煌雷音寺

岸柳绿沙州，怡情稚妪嬉蜂蝶；
清流萦古郡，击壤欢歌颂世风。

一水绕西城，飞瀑长虹披玉带；
闲情穿曲径，蛙鸣蝶戏赏春花。
——敦煌党河风情线

冲天一吼英雄气；
动地池汤剑胆心。
——玉门铁人纪念馆

阳关日照祁连雪；
塞上人勤紫玉悬。

故垒沧桑千古月；
春风日丽小康乡。

折柳送君离别地；
春风硕果绛珠香。

天马行空秦汉月；
东风普度瓜果香。
——阳关镇

酒肆休闲尽在怡心小镇；
山川览胜情缘大美敦煌。

西临党水，东照曦霞，逸韵风情唯小镇；
北带平沙，南通紫陌，画塑精奇尽敦煌。

门迎紫气，买卖兴隆邀皓月；
夕照残阳，经营义利沐清风。

峨阙商城，贸易兴隆通四极；
霓裳唱晚，夜饮笙歌誉八方。
——敦煌小镇

敦煌诗会

修禊流觞，承习古贤吟韵律；
拾风撷萃，拈来胜迹诵华章。

沙州胜迹尽成韵；
古郡物华皆入联。

骚客欣欢，沙州胜迹尽成韵；
诗人兴会，古郡物华皆入联。

宋韵唐风吟人和雅颂；
锦文绣口诵胜日华辞。

敦煌春联

古郡春来早；
沙州福满门。

古城添秀色；
塞外播春晖。

春来幸福人家；
吉满祺祥府第。

春送和风献瑞；
门迎福寿呈祥。

阳关日暖千门福；
古郡风和万户祥。

春临古郡逢盛世；
福满沙州纳万家。

喜鹊登枝千里秀；
流莺鸣翠万门祥。

迎春杏蕊千门福；
带雨梨花万户祥。

门盈淑气桃花雨；
户纳祥云杨柳风。

莺携紫气和春住；
燕恋家园送福归。

东风染出繁花锦；
紫燕裁成秀色春。

韶光节序芳菲艳；
丽景年华物候新。

多情粉蕊含春色；
解语黄莺送吉祥。

梅红冷蕊春回大地；
鹊喜高枝紫气盈门。

开新纪锦绣前程无限好；
逢盛世阳光明媚万年春。

日暖阳关，惠风和畅添锦绣；
春临古郡，芳草葳蕤送吉祥。

沙州古往中西交汇文华盛；
丝路今朝绣壤春耕百业兴。

学校

槐市竹松披月直；
杏坛桃李向阳栽。

一园蓓蕾芬芳秀；
千顷新苗郁蔚荣。

烛光点亮星辰路；
丝尽铺平月桂槎。

树木十年桃李秀；
育人百代国家兴。

悟道人生红烛暖；
成功学业五更勤。

月影临窗披典籍；
书香入梦阅沧桑。
（学校图书馆）

清心池水静；
气定白云闲。
（二中方圆亭）

莺鸣深柳池含月；
鱼戏清塘石蕴幽。
（二中观鱼亭）

授业教书，向上臻精熔校训；
育人传道，包容厚德锻师魂。

春风化雨，满圃嘉禾桃李秀；
汗水耕耘，教坛硕果导师勤。

红烛精神，大爱无疆吟懿德；
春蚕品格，终生奉献育英才。

老校新生，繁花秀木，借百载良风育桃李；
冬寒夏暑，好学严教，攀蟾宫月桂渡云槎。

三尺讲堂，夯牢学业根基、蓄积人生跬步；
一支粉笔，书写文章品德、明通世事沧桑。

校园百尺长廊，丹青墨宝，传承国学精华留后世；
满壁书香文脉，俊逸灵飞，尽显张芝故里铸诗乡。

教学相长，唯其好问多思，探究源头活水、释疑解惑；
知行合一，贵在能为致用，顺应事业人生、济世修身。

室雅何须大，卷藏世界精华，博览方知天地小；
书山不惧高，阅尽文明智慧，穷通始觉眼光宽。

中医院

盈缩唯康健；
养怡得永年。

橘井泉香天地气；
杏林日暖四时春。

雨打琵琶三竹叶；
鱼翔碧水半边莲。

报国丹心怀远志；
温粥高堂盼当归。

颐贤上义道为法；
大德精诚仁者心。

术益上工追扁鹊；
医当道法守歧黄。

白衣懿德黎民福；
医者仁心大地春。

悬壶济世千年寿；
救死扶伤四海情。

常恤人间多疾苦，
独存世上圣贤心。

鱼虫草木岐黄业；
问切望闻济世功。

自由放歌

ZIYOU
FANGGE

苦难辉煌铸荣光

（2016年6月）

长夜漫漫，漫漫长夜；

九州大地，哀鸿遍野，满目疮痍。

军阀割据，“你方唱罢我登台”，“城头变幻大王旗”；

列强横行，“华人与狗不得入内”赫然在国土上矗立。

百年耻辱，百年抗争。

群贤奋起寻梦图强之路：曙光在哪里？

圣彼得堡、阿芙乐儿巡洋舰上的炮声，打破了冬宫的沉寂，敲响了旧世界的丧钟，成为新时代的奠基礼！

“十月革命一声炮响，给我们送来马克思主义”，刺破东方的夜幕，微露期冀的晨曦。

“巴黎和会”的怒火点燃“五四”反帝、反封建的火炬，张开双臂迎接新的世纪。

上海法租界望志路树德里106号的一座小楼里，13位青年在昏暗的烛火下相聚，驾着红船载着国家和民族的梦想乘风远航，开天辟地把镰刀铁锤的旗帜高高举起。

星星之火燃起燎原之势。上海的纺纱厂、安源的煤矿、江汉的铁路、韶山冲的祠堂、北伐军营……唤起农工士商，分田分地

真忙，地火熊熊燃起！

黑云压城城欲摧。四一二是一个黑暗的日子，反动派公然举起屠刀，有多少革命者倒在血泊中。血沃中华大地，映红朝霞万里。

天地呜咽，杜鹃啼血。擦干身上的血迹，掩埋好同志的遗体，在血雨腥风中更加坚强屹立。

反动派的倒行逆施，教会了共产党人一个真理，“枪杆子里面出政权”，走工农武装割据的道路。

南昌起义、广州起义、秋收起义……会师井冈，建立革命根据地，苏维埃的红旗迎风飘起。

革命者用诗一般的语言礼赞：“它是站在海岸遥望海中已经看得见桅杆尖头的一只航船，它是立于高山之巅远看东方已见光芒四射喷薄欲出的一轮朝日，它是躁动于母腹中的快要成熟了的一个婴儿”，多么豪迈！多么惬意！

从瑞金八角楼的灯光，到遵义会议的光芒，从血染湘江的悲壮，飞渡泸定桥的神勇，到过雪山草地、革命理想高于天的雄壮……胜利汇聚在宝塔山下、延水河旁，汇合成中华民族的《黄河大合唱》！

铁流滚滚，浩浩荡荡；中流砥柱，抗日救亡。用千万不屈中华儿女的血肉之躯，迎来了抗战胜利的曙光。

民心向往和平，铸剑为犁。挑起内战，逆潮流而动，必将钉在历史的耻辱柱上。

雄鸡一声天下白，天翻地覆慨而慷。民主建国，八方和畅。五星红旗高高飘扬在天安门广场！

这一刻，我仿佛看到：

“铁肩担道义，妙手著文章”，李大钊慷慨赴义走到绞刑架前……

周文雍、陈铁军刑场上的婚礼，气壮山河、何等悲壮，南国的木棉花是那样殷红芬芳……

在生命的最后一刻，方志敏心中仍放不下《可爱的中国》；夏明翰“生命诚可贵，爱情价更高；若为自由故，两者皆可抛”的绝唱……

雄关漫道，浴火重生。一步步、一程程，充满血与火、生与死、艰难与困苦的淬火和磨砺，铸就辉煌与荣光！

这一幅幅画面，化作人民英雄纪念碑镌刻的八个大字：人民英雄永垂不朽，世世代代永志难忘！

阳光灿烂，春花吐蕊。刚刚新生的共和国又迎来艰难的考验，山姆大叔把战火烧到鸭绿江边。中华好儿女保家卫国，雄赳赳，气昂昂，跨过鸭绿江，爬冰卧雪，浴血奋战，把美国为首的“联合国”军重新打回“三八线”，让世界对年轻的共和国刮目相看。

翻身做了主人的中国人民，意气风发，豪情满怀，为建设新生活，“可上九天揽月，可下五洋捉鳖”“敢教日月换新天”。

王国藩“三条驴腿”“穷棒子”社，开创了农业合作化的高潮……王崇伦“技术革新能手”、被誉为“走在时间前面的人”……铁人王进喜“石油工人吼一吼，地球也要抖三抖”，把贫油国的帽子扔进太平洋……人间奇迹在他们手中实现！

钢花飞溅，麦浪吐金，罗布泊升起蘑菇云，天宇响彻东方红，百花争妍春满园。

扫去10年“文革”的雾霾，涤荡旧时代的尘埃，“东方风来满眼春”，又迎来改革开放的新时代！

小岗村18位农民冒险在土地承包责任书上按下鲜红的手印，

掀开了中国改革开放的序幕，成为农村改革的第一份宣言。

从农村到城市，遍及工农学商，一场波澜壮阔、影响中国前途命运的历史性变革在神州大地展开，描绘出新时代的崭新画卷。

从解放思想，拨乱反正，大包干、股份制……到大胆地试、大胆地闯，深圳特区“杀出一条血路”、探索建立社会主义市场经济体制；和世界接轨，加入世贸组织；积极地参与全球治理，奥运盛会成功举办。不知多少个世界第一，创造了令世人惊叹的“中国速度”，让这个受尽苦难屈辱、积贫积弱的东方国度一跃跻身世界大国之巅！

“一国两制”的成功实践，使孤悬海外、吟唱了百年《七子之歌》的游子，终于回到祖国怀抱，紫荆花、金莲花并蒂娇妍。

浩瀚星空，奥妙无限。从敦煌飞天，到“两弹一星”，再到载人航天，承载着多少中国人遨游苍穹的梦想。“神舟号”载着航天员从浩渺的太空传来向世界的问候，使中国人航天梦圆。

党的十八大把决胜全面建设小康社会的号角吹响。新一代领路人继往开来、敢于担当，带领各族人民把“两个百年”、中华民族伟大复兴的“中国梦”伟业开创！

理论自信，制度自信，道路自信，为复兴之路提供根本保障；“四个全面”战略布局，谋划民富国强！

党要管党，从严治党；反腐倡廉，打虎拍蝇；讲纪律、立规矩，抓铁有痕，踏石留印，风清气正，海晏河清，顺党心、合民意，重树党的形象。

从上层建筑，到经济领域，从依法治国，到全面改革，谋划全局，全面发力。重塑核心价值，增强文化自信；布局“一带一路”，国内国外并举；壮士断腕，除弊兴利；谋打赢、推军改、树军威……续写“中国梦”的辉煌。

北国麦熟，南国稻香，东海渔跃，西疆畜壮；黄河扬波，长江碧浪，江山壮美，人民和畅；处处莺歌燕舞，处处鸟语花香，把最美的祝福献给伟大的人民、献给伟大光荣的中国共产党！

家乡情

（2018年1月20日）

记不清是哪位名人说过，爱祖国首先要爱家乡。

每个人心中都怀着一种割舍不去的情结——那就是家乡的泥土芳香。

我的家乡虽比不上黄山、峨眉山的奇崛雄壮，不及江南水乡小家碧玉式的灵秀娇美，没有北京故宫、长城和西安兵马俑的威武严整、流光敞亮，但她那浑厚、苍健、质朴的身影，令多少人如痴如醉，终生向往。更让我这样沐浴着母亲般慈爱成长的儿女们用全部身心来守望。

——我爱家乡的山河壮阔，绿洲苍莽：

站在生我养我的这片沃土上眺望，白雪皑皑的祁连雪峰，冰砌玉裹，巍峨壮阔，犹如家乡西北汉子战天斗地的臂膀。

夏日消融，冰河滥觞。涓涓细流汇成波翻浪滚的母亲河，党水北流，润泽百里沃野，孕育文明荣光。

春耕绣壤，微风中禾苗摇曳似浪；夏日暑长，庄稼田里蛙鸣麦香；金风送爽，丰收的大地一片金黄；秋收冬藏，沉甸甸的粮食堆满谷仓，预兆丰年的瑞雪，把田野染成一眼银装素洁的苍茫。

——我爱家乡的历史厚重，文脉流长：

漫步在墩墩山的古丝路上，捧起一抔黄沙，那可是一段金戈铁马的故事源远流长；俯身捡起一块碎瓦片，或是一枚五铢钱，你可曾知道它承载着二千多年的历史荣光？

徜徉在唐诗的海洋，被诗词醉了一千年的阳关、玉门关，仿佛听到王维、王子涣“劝君更尽一杯酒 ，西出阳关无故人”“羌笛何须怨杨柳，春风不度玉门关”的千古吟唱，又响起在耳旁。

三危山地老天荒，巍然耸立，陪伴莫高窟度过岁月沧桑；好像又看到三青鸟，抖动飘逸的羽裙，乘着祥云，自由飞翔；

莫高窟九层楼顶的檐铃在微风中丁零摇响，像醉人的仙乐，为人们吟唱；

洞窟内画壁上的飞天，随着笙箫鼓乐，轻展裙裾，飘带生云，散花似雨，播撒芳香；教坊的乐师们奏起曼妙的霓裳羽衣曲，舞伎们舒展彩袖，轻盈起舞，仙乐飘荡；亭台楼榭旁的荷花池，莲花妖艳，荷花童子恣情嬉戏，轻歌曼舞唱大唐！

还记得田震唱的那首委婉忧郁的《月牙泉》吗？让多少国人神驰向往！鸣沙山静若处子，坚贞不渝地守望千年，无论风摧雨狂！有人把月牙泉比喻为沙漠的镜子天的眼，还不如说像广寒宫下凡仙女的眸子，欲羞又娇，顾盼多情，目含相思泪行行！多少人把它们动人的爱情故事谱成一曲曲旋律优美的歌、编成一幕幕舞剧经年传扬。

——我更爱今日家乡的繁盛和辉煌：

走进家乡的小城，反弹琵琶女神，好像天女下凡，轻抚琴弦为你起舞歌唱；沿街的现代建筑，青砖绿瓦，典雅端庄，汉风唐韵恣意流淌。

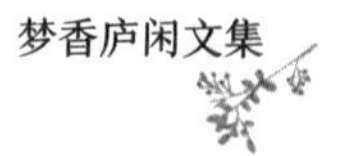

循着摩肩接踵的人流，拥入喧闹的沙州夜市，琳琅满目的金石字画、奇石古玩，溢彩流光；南来北往、金发碧眼、各种肤色的中外游客，熙熙攘攘，谁能相信这里竟是西部僻壤？

夜幕降临，华灯初上，小城笼罩在灯火阑珊的璀璨海洋。漫步在党河风情线，两桥飞跨，霓虹灯把它装扮成天边的彩虹，九龙吐水，溅玉飞落，微风习习，碧波荡漾，随着曼妙的乐曲，韵律般的音乐喷泉把数十股水柱喷到天上；两岸步步柳绿花香，雕栏上缀满了诗词华章，十几座水榭亭台巍峨坐落在岸旁，平添了几分汉唐风韵，古色古香；啊，好一个锦绣党河，七里画廊。游客置身其中，是否到了江南水乡？

一排排工业园区的新厂房，生产新材料的机器轰鸣作响；一展如铺的光电园区，把清洁能源送向四面八方，它们是挺起家乡崛起的脊梁。一串串似玛瑙般的葡萄，一片片绽放如花的棉田，把丰收的喜悦写在走向小康的农民兄弟脸庞。宽阔敞亮的新学校，绿树掩映，书声琅琅，为家乡哺育着一代代才俊栋梁。医院大楼几净明亮，新添的医疗器械整齐排放，救死扶伤的白衣天使们，辛勤呵护家乡父老的健康。宽大时尚的图书馆，到处飘洒着“书香敦煌”的芬芳；新颖大气的飞天剧场，浓郁乡土气息的曲子戏，把乡亲们的新生活歌唱，改建一新的祥云广场、沙州乐园，欢快喜悦的广场舞传递着人们对幸福生活的向往；科幻新奇的莫高窟数字展示中心，球幕电影《千年莫高》《梦幻佛宫》令中外游客啧啧赞赏。

你看——雷锋爱心车队又准备出发，去帮助寻找走失的亲人，接力把爱心传扬；青年志愿者的身影活跃在各行各业、大街小巷；热心公益的各界人士为困难家庭、贫困学生献上爱心，慷慨解囊；

助人为乐、扶贫救困、拾金不昧、见义勇为，一阵阵文明新风在城乡荡漾。

羌笛声渐渐隐去，叮咚的驼铃声不再作响，褪尽繁华的丝绸之路已沉寂千年之长。新时代习近平主席提出“一带一路”的倡议，重新点燃了丝路复兴的伟大梦想。市委、市政府抢抓机遇，奋发有为，借助国家战略，借全省之力，推动国际旅游名城建设，使文博会国家级平台落户敦煌。转眼间，一座座颇具国家水准的文博场馆拔地而起，巍峨壮观，气宇轩昂；80 多个沿线国家的嘉宾齐聚名城敦煌，一场场荟萃东西方文明的精品佳作交流展出，享有盛誉的《丝路花雨》《大梦敦煌》，以及《敦煌盛典》《又见敦煌》等，精彩纷呈地惊艳上演，各种文明交流互鉴，美美与共，重现古丝绸之路的盛况和辉煌。

党河扬波，沙岭欢唱，丝路花雨漫天飘洒，古城劲舞羽衣霓裳，继续谱写新时代的华美篇章。

我爱你 ——

山河壮美的敦煌！

博大精深的敦煌！

绚丽多彩的敦煌！

我和祖国一起成长

（2020 年 12 月 4 日）

站在泰山之巅，看喷薄红日，云蒸霞蔚，气象万千，那是何等的雄壮；

北国极地，北极光五彩缤纷，格外炫目，迎接着祖国的第一缕阳光；

美丽的西沙群岛，一个个珊瑚礁镶嵌的南海明珠，色彩斑斓，无比瑰丽雄旷；

大漠雄关，驼铃声声，崛起的一座座绿洲新城，点缀着风沙戈壁，“新栽杨柳三千里，引得春风度玉关”，顿使人胸襟宽广；

小桥流水，雨中小巷，青石板路上点点油纸伞，勾勒出江南水乡的风情与徜徉；

——风光如画，江山多娇，为祖国壮美河山骄傲和自豪。

故宫、长城、敦煌石窟、秦兵马俑……一处处令世界叹为观止的人类文化遗产，辉映着中华五千年的文明之光；

诗经、楚辞、唐诗宋词元曲……像一座座需仰望的高山，熠熠生辉，光耀万丈；

琴棋书画、京剧昆曲、茶艺陶艺……各种非遗，百艺竞放，异彩纷呈，绮丽芬芳；

—— 文化精粹，瑰丽辉煌，为祖国灿烂文化骄傲和自豪！

中国古代四大发明，闪耀着中华智慧之光，照亮了中世纪西方文明之窗；

勤劳勇敢的中华民族，俯仰天地，用辛劳和汗水，勤奋和智慧，使五千年的伟大文明薪火相传，鼎盛文昌；

—— 民族精神，世代弘扬，为祖国伟大的人民骄傲和自豪！

我们怎能忘记，百年屈辱的近代苦难史。

我们怎能忘记，来时的出发路，从零起步，走过的多少艰难困苦。

还记得，从旧中国接过的是怎样的烂摊子：

“国破山河在 ，城春草木深。”千里赤地，千疮百孔；百业凋零，百废待兴。一个农业国度，竟难以解决四亿人口的温饱问题，一个偌大的国家，竟造不出一颗螺钉！

和共和国同龄的“五〇”后，还依稀记得那段青涩的童年时光：偏僻的西北小城，扬起沙石路的街道旁，一排排低矮的泥土房，记载着昔日的荒凉；

昏暗的煤油灯，泥皮剥落的简陋教室，一排排土凳土桌，丝毫不减追求知识的殷殷目光；

“小船儿轻轻，飘荡在水中”的歌声，也在那个年代荡漾。踢毽子，跳绳，那些略显单调的欢乐伴随我们一同成长；

那是一个物资匮乏的年代。扯布要布票，买肉要肉票，餐馆吃饭要粮票。各种票证，五花八门，成为那个特殊年代的一道风光。

远离了战火的硝烟，没有了欺压和飘零。即使穿着缝了又补的破旧衣裳，营养不良的肤色印在憔悴的脸上。只要心中充满阳光，就能把一切苦难嚼碎咽下，用勤劳的汗水浇灌出新生活的芬芳。

七十年筚路蓝缕，

七十年含辛茹苦，

七十年披荆斩棘，

七十年奋斗接力！

我们硬是用结满厚茧的手，把一穷二白的帽子扔进太平洋，把美好生活的蓝图一笔笔绘就，祖国大地每一寸土地都改变了模样。

阳关圆月空照，历史为它平添了几分沧桑；

玉门关漠风淡云，古河道上的芦苇摇曳似浪，诉说着千年的兴衰苍凉；

这可不是"秦时明月汉时关"，穿越时空隧道，边塞小城也披上了新时代的靓装。

通衢的街道宽阔敞亮，延伸的高速公路连接着祖国的四面八方，银鹰远航通达祖国的心脏，动车开进了古老驼铃响起的地方，为追求梦想插上了翅膀。

沿街的现代化建筑栉比鳞次，在绿树的掩映下，青砖绿瓦，典雅端庄，汉风唐韵，古色古香；喧闹的夜市，溢彩流光，游人如织，熙熙攘攘；夜幕降临，华灯初上，整个小城成了灯火辉煌的璀璨海洋；党水澄碧，微风送爽，两桥飞跨，霓虹闪扬，九龙吐珠，溅玉飞降，音乐喷泉，怡人心旷，亭台楼榭，柳绿花香，好一个锦绣党河，七里画廊。

七十载的风雨兼程，

七十载的砥砺前行，

七十载的伟业壮举，

七十载的壮丽辉煌！

为有牺牲多壮志，敢教日月换新天。站起来的英雄人民，创造出让世界惊叹的人间奇迹；

可上九天揽月，可下五洋捉鳖，我们陪伴共和国一起成长。

从罗布泊升起蘑菇云，到第一颗人造卫星，宇宙响彻东方红；从载人航天到嫦娥落月，再到北斗导航，鲜艳的五星红旗在太空飘扬。

从国产航母劈波斩浪，驰骋远洋，到蛟龙潜海，探索深海的奥秘，憧憬着民族复兴的伟大梦想。

从高峡出平湖的三峡大坝，到气壮山河的西气东输，南水北调，从超高压输电工程，到飞跨伶汀洋的港珠澳大桥，一个个世界第一的大国工程、大国制造，挺起了崛起世界的脊梁。

从也门撤侨、亚丁湾护航、非洲维和，我真正理解了什么叫骄傲和自豪！

从“一带一路”倡议、中非高峰论坛，我真正懂得了什么叫大国责任和担当！

从扶贫攻坚、美丽乡村建设，我真正理解了什么是大国领袖的人民情怀和素养！

党的十八大把决胜全面建成小康社会的冲锋号吹响，带领各族人民把“两个百年”民族复兴的伟业开创。

韶华有我

SHAOHUA
YOUWO

风雨五十载　热血献沃土

（2000 年 12 月 17 日）

生命的轨迹

新生的共和国诞生的礼花声刚刚落下，我于 1950 年 4 月出生在祖国西北的一个边远小城——甘肃省敦煌县。经过战乱浩劫的祖国母亲，满目疮痍，百废待兴。伴随着建设新生活的步伐，我度过了天真无邪的童年时代。戴着红领巾，走进了人生启蒙的殿堂——敦煌县东街小学，那一年是 1958 年的春季。在这里，我留下了无知、腼腆和童真，叩开了知识的门扉，点燃了理想的火花和求知的欲望。1964 年，我考入当时敦煌唯一的一所完全中学——敦煌中学，学校严谨的校风、教师高尚的师德和精湛的执教水平以及在学生中形成的强烈的求知欲望、勤勉刻苦的学习风气，使我受益无穷，对我今后的人生产生深刻而重要的影响。正当我们在知识的海洋里尽情遨游的时候，1966 年春夏之交，史无前例的“文化大革命”开始了。对社会一无所知的我们也被卷入这场社会动荡之中。1968 年，我们响应伟大领袖的号召，到农村这个广阔天地里接受贫下中农的再教育，我来到本县一个僻远的农村插

队锻炼，过了 4 年的农村生活。对我这样一个自幼生在城镇、长在城镇的青年人来讲，无疑是人生道路上的一次严峻考验和挑战。那时农村的条件是极其艰苦的，无数次的困难和挫折，使我丢掉了稚嫩和娇气，磨砺了我的意志和品行，教会我如何在困难的境遇中自信地面对人生，更使我感触颇深的是中国农民的那种淳朴、憨厚、勤劳、善良的美好品质。初读人生的第一课，对我今后的人生道路产生了深刻影响，至今令人难以忘怀。1973 年，经贫下中农推荐，我到酒泉地区师范学校学习，在当时弥漫着“读书无用”的大气候下，完成了两年的学习生活。毕业后分配到敦煌县文教局教研室工作。1982 年我光荣地加入了中国共产党。背负着生活和工作繁重的担子，走进了电大的课堂，用艰辛和汗水去弥补历史造成的损失。由于历史的机遇和个人的勤勉，我被推上了基层领导的岗位，曾先后担任过敦煌市教育局副局长、市委宣传部副部长、市精神文明建设办公室主任、宣传部部长、市委常委等职，还兼任《敦煌报》社社长、市文联主席。自己认为，这些不仅仅是一些荣誉，更重要的是对社会和人民的一种责任。这也是我多年来信奉的从政信条。

责任感——成就事业的奠基石

回顾自己逝去的人生历程，感触最深的只有两个字——责任，对家庭的责任，对社会的责任，对事业的责任。人的一生，只要有责任，就会产生不懈的追求，就会永葆青春动力，就会觉得生活充实。总之，责任是成就事业的奠基石。

无论是从事机关办事员的工作还是担任领导职务，始终都觉得肩上有着一种沉甸甸的分量，从不等闲视之，养成了一种认真负责的工作态度和严谨细致的工作作风，这也许就是自己能做好本职工作的根本原因吧。1983年，我刚担任教育局副局长。那时，刚刚推行干部“四化”方针，从现在的眼光看，那已经是迟来的爱，但在那时我已经是幸运儿了。1985年，全国教育工作会议的召开标志着教育工作的春天到来了。邓小平同志亲自抓科技、教育，使全党和教育战线深受鼓舞。面对“四人帮”破坏的重灾区，教育工作中面临着许多困难和问题。在县委、县政府的重视支持下，我们抓住突出问题，重点解决了教师队伍的进修提高、办学条件的改善、全社会尊师重教三个突出问题，制定了全县教师进修达标规划、普及初等教育规划、改善办学条件规划，落实了教师奖励、进修资金、改善办学条件经费，解决中小学校长的政治待遇，有力地提高了教师的社会地位，在全社会形成了尊师重教的热潮，极大地调动了教师的积极性，促进了教育事业的蓬勃发展。在全省率先普及了初等教育，全省第一个实现校舍的“一无两有”（校校无危房、班班有教室、有课桌凳），第一批达到基本消除文盲的县市。1986年，被国家教委命名为全国100个基础教育先进县。

为了适应改革开放形势发展的需要，1987年敦煌县改市。同年，中共中央召开党的十二届六中全会，做出了《关于社会主义精神文明建设指导方针的决议》，从此全国性的群众性精神文明创建活动蓬勃兴起。就在这种形势下，我调任市委宣传部副部长，1990年任市精神文明建设办公室主任。敦煌是国家公布的第一批对外开放城市，又被国务院命名为国家级历史文化名城，因境内的莫高窟而享誉海内外。搞好精神文明建设，是弘扬敦煌文化的需要，是对外开放的需要，是发展敦煌旅游经济的需要。市委、市政府对精神文明建设工作十分重视。作为职能部门的领导，更觉得责任重大。经过认真广泛调研，制定了精神文明建设规划，明确了工作思路；制定了创建文明单位暂行条例，规范了工作程序；改进了工作方法，变过去文明单位命名挂牌上的终身制式“永久牌”为每年考核命名的“年度牌”，为创建活动注入新的活力；首创了创建文明一条街活动，把文明单位的创建由点连成线，开展区域共建活动；率先在城镇街道创办了市民文明学校，为提高市民文明素质创造条件；编印了精神文明建设工作手册，为指导基层开展创建活动提供了资料。在此期间，全市精神文明建设取得喜人成绩。1992 年，敦煌市被甘肃省精神文明建设指导委员会命名为全省精神文明建设先进市称号，1993 年被酒泉地委命名为地级文明市，1994 年被甘肃省委命名为省级文明市。其间，还被国家有关部委和省委、省政府命名为“全国基础教育先进市”“全国体育先进市”“全国计划生育先进市”“全国科技先进市”，以及“全省文化先进市”“全省双拥模范市”“全省卫生先进市”“全省社会治安综合治理模范市”等等。

1992 年，我被调任市委宣传部部长，兼任精神文明建设办公室主任。1995 年担任市委常委，在市委的领导下，肩负起全市宣传思想和精神文明建设的重任。理论武装工作是宣传思想工作的首要任务。从 1992 年开始，我们每年都会同有关部门在市委党校举办全市副科级领导干部理论轮训班，完善了各级党委中心组学习制度，强化了经常性的理论学习和辅导，组织广大干部群众认真学习党的基本理论、基本路线、基本方针，紧密联系本市、本单位实际，有的放矢抓好理论学习培训工作，有力地促进了全市广大领导干部群众的思想大解放、观念大转变，把全市广大干部群众的思想统一到中央的决策上来，把力量凝聚到全市经济和社会的大发展上来，充分发挥了理论武装统一思想、凝聚力量、指导工作、促进发展的作用。重视新闻宣传工作，每两年召开一次新闻工作会议，总结新闻宣传工作中的经验，研究解决存在的问题，不断提高新闻宣传水平；加强新闻宣传队伍建设，组织起了一支以宣传部为龙头，新闻单位专业新闻工作者为骨干，乡镇、部门宣传干部和政工队伍为基础的专兼职新闻宣传工作队伍，制定激励政策，加强考核、评比，充分调动他们的工作积极性；每年都要组织新闻单位围绕市委、市政府的中心工作开展集中性新闻宣传战役，形成了强大的舆论宣传声势，有力地配合和推动了全市经济建设和改革工作；制定了新闻宣传目标责任制，建立、完善了新闻宣传的宏观管理制度，不断提高新闻宣传水平，充分发挥了新闻宣传的舆论引导作用。思想教育不断深入，精神文明建设不断发展，各类群众文化活动日益繁荣，为全市的改革、发展、稳定创造了良好的社会环境。全市党员“双学”竞赛活动、爱国主义教育、精神文明“五个一”工程受到地委宣传部的表彰奖励。市委宣传部连续多年被市委、市政府命名为模范文明单位，市委宣传部党支部连续两次获全市基层党组织建设红旗党支部光荣称号。在任职期间，做了一些自己应该做的工作，但组织上给予我很高的荣誉。曾被敦煌县委、县政府授予优秀教育工作者，被敦煌市委表彰为优秀党务工作者，被酒泉地委表彰为全区优秀思想

政治工作先进个人，被甘肃省委表彰为全省农村形势教育先进个人，被甘肃省委、省政府表彰为全省精神文明建设先进工作者。

力量来自坚定的理想信念

自从我戴上鲜艳的红领巾，接受人生的启蒙教育以后，伴随着《没有共产党就没有新中国》《社会主义好》的昂扬旋律，在我幼小的心灵上烙下了理想信念的深深印迹。在我走上工作岗位对中国历史和世界共产主义运动史有了深入的学习和了解后，对理想信念的认识就更理性化了。特别是伴着成长的脚步，经历了中国社会主义革命和建设的风雨历程，经过一次又一次考验和锻炼，真可以用“大雪压青松，青松挺且直”来形容，理想信念愈益弥坚。纵观中国历史，无论什么时候，稳定才能发展，动乱只能带来四分五裂，即便是从善良的用心出发，也只能帮倒忙，更不要说被别有用心的人所利用。随后出现的苏联、东欧剧变，社会上有些人也对中国的社会主义前途产生怀疑。这个时候，我正担任宣传部长职务，对这个问题应该说是相当敏感的。但是我坚信我的选择是正确的，坚信邓小平同志的讲话，始终坚信共产主义理想和马克思主义信仰，“咬定青山不放松”，宣传马克思主义，以实际行动捍卫马克思主义。总之，把自己的一切都和祖国的前途命运紧紧地联系在一起。当我从电视上、报纸上看到祖国建设取得新成绩时，就有一种抑制不住的激动和喜悦，为国家日益繁荣强大而自豪。这种信念常常转化为一种无形的力量，激励自己去克服前进道路上的无数困难和挫折，努力在平凡的工作岗位上建功立业。

成功受惠于人格力量

做人要有人格，做官要有官德。做官首先要做人。对一名想成就一点事业的领导者，是否具有人格力量至关重要。领导者做好工作，一要靠权力的影响力，二要靠非权力的影响力。其中领导的人格力量发挥着重要作用。

学识是打开成功大门的第一把钥匙。自幼就具有强烈的好奇心和求知欲的我，对世间万事万物总要探究个明白。还在上小学的时候，那时识字不多，就一边抱着字典，一边啃读繁体字的中国四大名著；上山下乡期间，除了红宝书以外，社会上几乎没有什么书籍可读，从贫下中农用来卷烟叶的废旧书中增长了知识；在师范学校读书时，图书馆里那么多书曾使我欣喜若狂，我把高尔基的作品逐个读了一遍，并阅读了《战争与和平》《静静地顿河》《红与黑》《铁流》等苏联卫国战争时期的名著，使我眼界大开。在教育局工作期间，我利用业余时间读完了电大汉语言文学专业的全部课程，同时又报考了高等教育自学考试的教育学、教育心理学等课程，这些学习经历对我的工作帮助很大。担任宣传部长以后，更是勤学不辍，认真钻研了马克思主义哲学、科学社会主义、政治经济等基础理论，同时研读了《中国共产党简史》《行为科学》《社会心理学》等相关理论知识，对搞好工作受益匪浅。总之，无论什么时候，无论从事什么工作，我始终都有一种强烈的求知欲望，孜孜不倦地钻研业务知识，使自己在所从事的工作领域成

为内行，使同事和属下信任我，产生吸引力和感召力，这是自己所以能做好工作的关键所在。在教育局工作期间，通过钻研信息论、系统论、控制论等理论知识，撰写了《试用系统论观点浅谈语文教学问题》的论文，被收编入书。在宣传部工作期间，用区域经济理论做指导，撰写的《依托陆桥国际走廊，再现昔日丝路辉煌》被收编入书还先后主持编辑出版了《敦煌简史》《今日敦煌》《敦煌艺术选粹》《西部明珠——敦煌》等书，组织编写了《敦煌市精神文明建设手册》《爱祖国爱敦煌知识精粹》，与他人合作编著出版了由著名敦煌学专家常书鸿题写书名的《敦煌历代名人传略》，并策划出版了《敦煌》VCD 光盘等。

对人生我始终抱有一种积极的态度。热爱生活、热爱事业，这赋予我一种不懈追求的力量，使我始终以积极向上的心境面对社会、生活、事业的各种挑战和考验。在当今市场经济条件下，社会上物欲横流，加上人们追求实惠的价值取向，如何选择人生的坐标，这是对一名领导者的严峻考验。我从事的宣传思想工作是清苦的，但多少年来，自己淡泊名利，甘于清苦，不论组织把自己安排到什么岗位上，都是兢兢业业，勤勤恳恳，一丝不苟地做好工作。也曾有朋友劝过我，趁现在还能干换一个实惠些的工作干干。我对这些善意的劝说一笑应之。说心里话，宣传部门的工作的确清苦，但它是我非常喜爱从事的工作，在这个岗位上一干就是 13 年。只要组织上不调整自己的工作，自己还会一如既往，满腔热情地去做好本职工作。

要做好工作，单凭领导个人的力量是十分有限的。领导的责任就是如何调动大家的力量，同心协力、步调一致地去完成各项工作任务。领导的个性在工作中起着重要作用。我本人生性随和，加之领导岗位的实践使我深知，领导摆架子、耍官腔，说到底是缺乏自信的表现。我无论在什么岗位上，对上级下级都是以诚相待、宽厚相处，使大家感到有一种亲和力，产生信任感和凝聚力。这是团结共事的基础。凡是和我共过事的领导和工作人员都有一个共同的感觉——和我好相处。这也许就是我做好工作的秘诀。另外，常言说得好，其身正，不令则行。领导者要有号召力，最重要的是自己的表率作用。多年来，我对自己要求严，事事处处走在群众前面，做出榜样，它会产生一种无形的力量。领导者还要有一种海纳百川的胸怀，能宽容和兼容人。和自己共事或打交道的同事、朋友，经历不同、个性差异、修养有别，重要的是出于诚心，以心交心，一视同仁，不存偏见和芥蒂，这样相互交流才有共同的语言，对那些性格耿直，喜好冲撞领导的同志，更要冷静、宽容，不以人废言，不以言废人，这也是对一名领导者有无较高修养的检验。另外领导者往往都具有一些优越感，越是这样，就更要注意谦逊，不能居高临下，盛气凌人，唯我独尊，颐指气使。

古之圣贤都知道“金无足赤，人无完人”的道理，更何况作为现代社会的一名普通的凡夫俗子。我性格特征之一就是生性耿直，也许和我高大的体型不无关系，尽管有时是善意的，但不分场合，不讲究方式，易伤害别人。性格特征之二是急躁，也容易情绪化，譬如看到安排的工作做不好，布置的任务没完成，心中就上火，而且马上就表现出来。性格特征之三是心地太善良，就容易在原则问题上妥协退让，有时表现出“老好人”行为，对事业和工作造成影响。

最后用两句话来总结：热爱生活，生命之树常绿；不懈追求，事业春光无限。

后记

Hou Ji

整理完这部集子的手稿，一种情绪久久不能自已。

笔者和共和国同龄，伴随新中国艰苦卓绝的奋斗步履走过了70多年的风雨历程。曾走过崎岖泥泞之路，感受痛苦中的成长，也亲历大国崛起，高速发展的兴奋欣悦。70年筚路蓝缕，含辛茹苦，接力奋斗，中国人硬是用结满厚茧的手，把一穷二白的帽子扔进太平洋，而今正站在中华复兴的历史舞台上。我们这一代有幸见证了这一切，这里面也有我们这代人挥洒的汗水，拼搏的青春和理想。

习近平总书记说“奋斗是青春最亮丽的底色”。从中华人民共和国70年的奋斗历程中深深懂得了什么叫家国情怀。鲁迅先生说：“我们自古以来，就有埋头苦干的人，有拼命硬干的人，有为民请命的人，有舍身求法的人……这就是中国的脊梁。”从“长太息以掩涕兮、哀民生之多艰”的屈原，到“位卑未敢忘忧国，事定犹须待阖棺”的陆游，从“壮志饥餐胡虏肉，笑谈渴饮匈奴血”的岳飞，到“寄意寒星荃不察，我以我血荐轩辕”的鲁迅，从“面壁十年图破壁，难酬蹈海亦英雄”的周恩来，到“埋骨何须桑梓地，人生无处不青山”的毛泽东……

从古到今，一代代中华志士怀着浓浓的家国情怀，为国家富强，民族复兴，人民幸福负重前行，贡献了智慧和力量。中华民族五千年浩瀚文明的滋养，灿烂中华文化浸润的家国情怀代代绵延，最终凝聚成岿然不倒的民族精神，这是中华民族屡遭危难而兴旺，俯仰天地而生生不息的历史密码，也深深流淌在我们的血液中。

敦煌是我的故乡，生于斯长于斯，这里的一草一木，一沙一石，大漠孤烟，长河落日，阳关明月，饮马长城早已融入我的心里，成为自己生命的一部分。我爱听莫高窟九层楼檐马轻风吹过时的叮当声，屏住呼吸感受佛陀的气息；惬意夕阳西下时，赤着双脚登上绵延的鸣沙山，坐在山巅静静等待一轮圆月升起，慢慢看月亮落入月牙泉的空灵与孤寂；还常常站在墩墩山下的古董滩，任漠风裹挟着细细的沙粒从脸颊吹过，聆听历史的回响；伫立在玉门关外、疏勒河畔，远去了鼓角争鸣，看丛丛芦苇在清风里摇曳；时常独自一人静坐在党河风情线荷花池边的人工岛休憩凳上，看着澄澹的碧水从淡蓝色的橡皮坝上缓缓流下，凝听潺潺的流水声。是家乡的父老乡亲哺育了我，家乡的山川雨露、厚重文脉滋养了我。

“为什么我的眼里常含泪水？因为我对这土地爱得深沉……”（艾青《我爱这土地》）每当我看到祖国日新月异的变化，从新闻里听到国家取得的一项项建设成就，目睹家乡的发展变化，情不自禁地为之欣喜，一股压抑不住的情感在喷涌，真想像西北人吼秦腔那样喊上几嗓子，好像只有如此才能使偾张的血脉尽情释放，就会产生出一种抒发的冲动和欲望，直抒胸臆，一吐为快，把心中勃发的激情化作一行行诗句。几年下来也有数百首，尽管是习作，但记录了我学习诗词创作的心路历程，在众多好友的鼓励下，整理出来结集出版，也算是对家乡和亲朋好友的一种回报。

这本集子的付梓出版，是无数热心人浇灌培育的一朵小花。除笔者的耕耘外，还有赖阳光雨露的滋润和辛勤园丁及“护花使者”的精心呵护。感谢中共敦煌市委副书记王金同志的大力支持和倾情帮助，感谢甘肃省浙江商会副会长朱则黑先生、敦煌市浙江商会会长王军先生、浙江商会党支部书记吴建龙先生等的友情赞助，感谢敦煌文艺出版社社长和编辑付出的辛勤劳动，感谢敦煌市书协主席边振国先生、书协副主席杨海潮先生、酒泉市书协副主席瓜州县书协主席樊宏康先生奉献书法作品，感谢酒泉书协副主席丁永明先生友情相邀中国书协理事、清华大学特聘教授、著名书法家张维忠先生为本书题写书名，感谢本书法律顾问甘肃省玉关律师事务所主任马伟玉先生提供的法律咨询服务，感谢多年来一直帮助和鼓励我前行的敦煌诗词学会会长陈竹松先生、执行副会长鲁鸿武先生及众诗友、同学和亲朋好友，感谢敦煌美协主席王亚玲女士和杨海涛先生为本书绘制的精美藻井图案和尾花，感谢为本书提供摄影图片的敦煌拾风传媒的摄影师杨啸，也要感谢我的夫人陈惠珍老师多年来的默默付出和全力支持，才成就了这本集子刊印。

—— 笔者 2021 年 5 月 15 日于敦煌